\倒數計時！/
學科男孩①

我的考試成績決定別人的生命!?

一之瀨三葉・著
榎能登・繪

時報出版

目錄

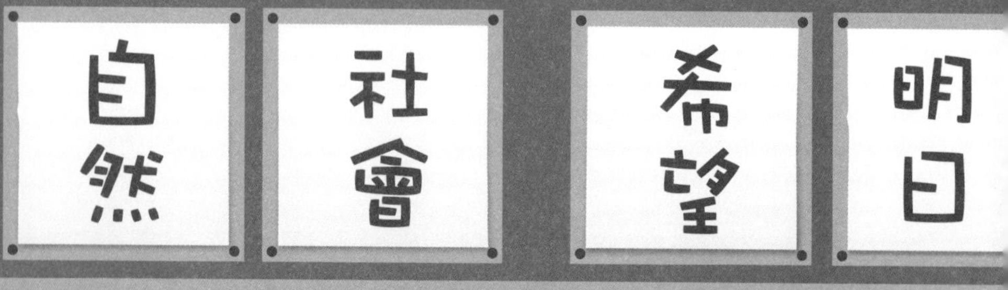

人物介紹

姓名　**花丸圓**

心中充滿煩惱的小學 5 年級女孩。
雖然努力唸書，但成績一直很難提昇。

姓名　**數學計**

小學 5 年級男孩。誕生自數學課本，
言行有一點粗魯。

姓名　**國語詞**

小學 5 年級男孩。誕生自國語課本，
個性體貼又可靠。

姓名　**自然理**

小學 5 年級男孩。誕生自自然課本，
非常喜歡動物和植物。

姓名　**社會歷**

小學 5 年級男孩。
誕生自社會課本，
很懂歷史和地理知識。

姓名　**成島優**

花丸圓的好朋友。在班上擔任班長，
考試總是考滿分的資優生。

「為了將來對妳說：『我很需要妳』的人，
現在努力唸書，以後一定可以派上用場！」

1 我不想再唸書了

九月裡某個讓人心情鬱悶的星期五。

「哇!?」

（嘩啦！）

放學時，漫不經心地走著，結果整個人摔了一跤。

課本也從沒扣好的書包中，掉了出來。

（好痛……）

原本還擔心被別人看到自己的糗態，幸好現在校門口附近什麼人都沒有。

放學後的校園裡，只聽得到足球社練球的聲音。

「……唉！」

我拍了拍膝蓋上的灰塵，嘆了口氣。

無奈地把課本一本本撿起來。

國語、自然、社會。
還有數學……

不自覺地手指頭一緊。
雖然課本因為每天努力使用而變得破舊，
——但我其實一點也不喜歡唸書。
不但看也看不懂，也不覺得有趣，就連考試成績也慘不忍睹。
像今天發回來的考卷，分數也很難看。
尤其數學只考了**七分**……

老實說，真的讓人很沮喪。
即使如此，讓我一直努力到現在的是——
「每次都這麼努力，妳真的很了不起呢～！」

嚇了一跳的我，抬起頭。

原來校門口附近的路旁，有個大約五歲的女孩和她媽媽正手牽著手。

她媽媽看著小女孩，用那雙溫柔的眼神。

「………」

我無意識間，緊咬著雙唇。

——每次都這麼努力，你真的很了不起呢！

我的腦中響起媽媽說過的這句話。

……我努力唸書，為的就是被媽媽稱讚而感到開心。

只要想像媽媽的笑臉，不管多難的科目，我都會努力用功唸下去……

但是，媽媽，已經不在了。

媽媽在一個月前，突然到天國了。

（……算了。已經，都隨便了。）

我用力搖了搖頭。
就算再怎麼努力唸書，都沒有意義了。
會稱讚我、替我高興的人，已經不在了。
——不想再唸書了！
我拿著四本課本，往回走。
朝校門口前右轉處的教室後方走去。
一處陽光很少照射到的校園角落。
我走到集中放置垃圾的垃圾場前，停下腳步。
「……我不要這種東西了！」
抓起裝了課本的垃圾袋，用力地丟進去。
咚咔！
「哎呀！」
咦？
奇怪？剛才垃圾裡是不是傳出慘叫聲？
（裡面有貓咪嗎？不小心做了壞事了……）

雖然不斷地往腳邊張望，卻沒看到任何東西。

（是我聽錯了嗎……）

嘆了一口氣，我看著四散在垃圾場的課本。

花丸圓

封底大大寫著自己的名字。

那是在四月[註]，我剛升上五年級的時候。

把還全新的課本帶回家時，跟媽媽一起寫上的名字……

「『圓』這個字的意思，就是東西整個都圓滾滾的，沒有刺刺的角喔。花丸圓真是考一〇〇分的吉利名字呢！」

「但是，我從來沒有考過一〇〇分。考試成績都不是很好……」

「對媽媽來說，只要小圓在身邊，就等於是考了一〇〇分。唸書的事隨時都可以開始努力！

對了，為了讓妳能喜歡上自己不擅長的科目，課本上的名字要寫得工整漂亮喔。」

唔！

就像是要抹去心中的痛一樣，我用力搖了搖頭。

（已經不需要課本了，我……以後都不要再唸書了！）

我絕對，不要再唸書了！

我用力地抬起腳步，頭也不回地跑掉。

——背上空空的書包，也隨著踏出的腳步，咔噠作響。

註：日本學制每年四月與十月是上下學期的開學日。

2 四名轉學生

新一週的開始，星期一早晨。

我比平常還更早地趕到校門前。

……因為我把課本丟掉了。

（一時情緒激動就把課本丟了，後來想想，這樣好像還是不太好。）

也因為一直掛心著丟掉的課本，昨天和前天都睡不好。

不知道會不會被別人拿走？而且昨晚突然下起雨，課本不知道有沒有被淋濕？

（應該還好吧。畢竟星期天不會有人把垃圾拿去回收……）

小跑步到垃圾場後，我開始找起課本。

「咦？奇怪？」

眼前的狀況，讓我嚇得面無血色。

明明其他垃圾都還是原樣，但為什麼我的課本卻不見了!?

我急忙把其他垃圾提起來看，連縫隙都沒有放過。
但不管怎麼看，都找不到課本。
（怎麼辦……！）
難道是被老師撿走了嗎……？
一想到這裡，我不由得臉上發青。
「喂！」
後面突然傳來某人的聲音。
嚇了一跳的我，回頭一看。
「……!?」
有四個從未見過的男孩，站在那裡。
看起來很溫柔的黑髮男孩。
留著時髦髮型的帥氣男孩。
看起來有點中性氣質的矮個子男孩。
還有一名眼神銳利，感覺酷酷的男孩。

這四個男孩帥得足以讓所有人眼睛一亮。

（他們是誰？是不是藝人啊？）

雖然看起來跟我同年，但以前卻從來沒有看過他們。

（六年級生嗎？但像他們那麼顯眼的人，只要看過一次就不可能忘記才對……）

正當我警戒地看著他們的同時，那個看起來酷酷的男生喃喃說道：

「花丸圓。」

咦!?

我倒抽了一口氣。

為什麼？他會知道我的名字……？

「花丸圓。妳應該記得自己做過什麼好事吧？」

對方得理不饒人地瞪視著。

我做過什麼事？我根本沒有印象啊！

……啊！難道這就是傳說中的「找渣」嗎？

因為害怕，我不自覺地回答：

「你，你認錯人了！」

接著起身逃走。

四個男孩全部睜大眼詫異地說：「啊？」

「我的名字是笨丸不圓，你們認錯人了，我先走了，拜拜～～！。」

「喂，喂！」

好像聽到後面有人在叫我，但我不管了！

我兩眼直瞪著前方，頭也不回地衝回教室。

「大家有沒有聽說？有轉學生！」

「我有聽說，很讓人驚訝，對吧！」

一進教室，就看到班上女同學們正熱烈討論著。

「從一班到四班都各有一個轉學生轉進去！而且聽說每個都是大帥哥喔！」

呼！原來有轉學生啊，而且還有四個人。

在暑假前兩個星期轉進來，也真是少見呢。

……等等，四個人，而且是帥哥……？

我想起剛剛那四個人，接著又連忙搖了搖頭。

不對，不、不太可能吧……？

「小圓，早安。」

、

抬頭一看，原來是好朋友成島優站在前面。

她就像是法國洋娃娃一樣，是個皮膚白皙的美少女，不管是賽跑還是唸書，都是全班第一名。

做什麼都很厲害，是我最自豪的朋友。

「早安，小優。」

「怎麼了？小圓，妳看起來沒什麼精神呢。」

小優歪著頭看著我的臉。

「難道妳還在意上個星期的考試嗎？」

「咦？哈哈哈……差不多是那樣。」

其實我是在意課本不見的事，而且也很難將「把課本丟掉」這件事說出口……

「別太在意分數。小圓很努力，下次一定能考好。沒問題的，只要努力就絕對做得到！」

這句話有點刺到我內心的痛處，我的眼神飄往一旁。

小優這次考試好像又考一〇〇分了。

（也是啦，小優那麼認真努力，本來就該有這個結果……）

我羨慕地嘟起嘴後，又嘆了口氣。

算了，一切都算了。

因為，我已經……

「對了！如果妳願意的話，不如下次一起讀書吧。我們以前也常常……」

「小優！」

我勉強地露出笑容對小優說：

「謝謝妳特地邀請我。但是……已經沒關係了。我不想再唸書了。」

「不想再唸書？」

小優聽了以後，皺起了眉頭。

她一臉擔心的樣子。

「……發生了什麼事？」

「不，不是啦不是啦！」

「你看，每個人都有擅長或不擅長的事，要是不擅長唸書的話，那就嘗試其他事情看看！像是比賽吃布丁大胃王，我不認為自己會輸給任何人喔！」

我搞笑地說道，小優聽了也不禁噗哧地笑了出來。

「如果有什麼煩惱，都可以告訴我。因為小圓是我最重要的朋友。」

「我沒事喔！小優，謝謝你。」

笑著說完後，就結束了對話。

因為媽媽不在了，朋友和老師都會特別關心我……但老實說，我不喜歡被別人關心。

我沒問題的。

我真的沒問題。

「大家安靜！現在要介紹今天轉進我們班的新同學喔。」

班導師川熊老師大聲說著。

班上的每個人就像是期待已久般，你看我，我看你。

（對喔！轉學生……如果是剛才的男孩那就有點不妙了……）

尤其是那四個人當中，最可怕的那個男孩。

因為他看起來特別針對我……！

我用祈禱的心情望向教室門口，隨著老師的叫喚聲，一名男孩走進教室。

一瞬間，教室裡揚起許多女生哇地驚嘆聲。

而我——則是「哇地」發出了不同意義的驚嘆。

（騙人!?不就是剛才的那個人嗎……！）

肯定不會錯。就是今天早上奇怪四人組中，酷酷的那個男孩！

端正如手工藝般的臉龐，還有著細長精緻的雙眼。

無論誰都會肯定地說他是帥哥，就算是嫌棄「我們學校沒有帥哥」的女同學，也會情不自禁地興奮尖叫。

（果然！那四個人真的是傳說中的轉學生。）

意思就是，他們從今天起就跟我是同一個年級的同學了……

完蛋了，這下糟糕了。

今天早上隨便說的那個名字，很快就會被拆穿了……！

「我的名字叫『**數學計**』，請多多指教。」

新同學輕輕點點頭，長長的瀏海自然地向下滑落。

一瞬間，教室也安靜了下來。

因為大家都在期待著他接下來要講的話。

但是……他的嘴巴維持著一直線，一句話都沒說。

（很緊張嗎？我自己也很討厭在大家面前講話，我懂他的心情啊。）

就在我一邊這麼想，一邊打算把鉛筆盒拿起來遮著臉偷看時，數學計同學一臉不高興地往教室裡張望著。

盯。

一跟我對上眼後，他便立刻停下來。

哇！被發現了嗎!?

「你的座位就在那裡，那邊後面的……」

老師的話還沒說完，他卻先走了過來——走到我旁邊的位置，坐了下來。

（欸！對喔，我的旁邊就有一個空位！）

「花丸圓，新同學坐在妳旁邊，妳可要好好帶他熟悉環境喔。」

老師直接說出我的名字，連我的本名都講出來了。

唉～這種時候就不用說出我的怪名字嘛。

我抱著自己的頭，趴在桌子上。

（……好吧！既然如此，就把今天早上的事情直接忽略，撐過去吧！）

沒問題。

一定可以圓滿化解的！

「啊，你好！請多指教……」

當我用盡全力在臉上堆滿笑容，並且出聲打招呼時。

瞪。

他的眼神直盯著我。

（好可怕！）

我迅速把視線移到旁邊。

怎麼盯著我看的眼神，還能感受到一股殺氣!?

（欸～!?為什麼？難道我做了什麼嗎？）

雖然隨便對別人胡說亂編假名字很不好，但有必要這麼生氣嗎？

不對，剛才在垃圾場見面時，他好像就一臉氣呼呼的模樣了。

到底是為什麼!?

（……嗯？這麼說起來……）

為什麼明明是轉學生，卻已經知道我的名字……？

「好了，現在要開始上課囉。」

隨著老師開口，大家開始翻開課本。

我轉頭望向貼在黑板旁的課表。

第一堂課是……數學啊。不但是我不擅長的科目，而且也沒什麼心情上課。

而且，我的課本不見了……。

跟老師說？

可是我總共有四個科目的課本都不見了，這又要怎麼說明才好……？

我手扶著太陽穴，嘆了口氣。

「今天要複習前陣子考試時，大家常常弄錯的『小數的加減法』！請將課本翻到第三十七頁！」

隨著老師開始上課，我的大腦也直接停止活動。

（哇！我最不擅長小數了！不管對我解釋多少次，我就是完全聽不懂！）

再加上課本不見了，這下比過去更加聽不懂。

要是被老師點到的話，該怎麼辦？完蛋了……

快哭出來了，只能低著頭。

（……嗯？）

就在這個時候，我感受到視線，往旁邊一看。

「這個給你。」

數學計同學一臉不高興地把自己全新的課本遞給我。

「咦？可……可是……」

「妳別問那麼多。我不需要這個東西。」

我困惑地接下他塞給我的課本。

「喂！那邊兩位同學，上課時不准交頭接耳！」

被老師提醒的同時，我整個人也嚇得聳起肩膀。

「數學計同學，你的課本到哪裡去了？」

「我不需要課本，因為我把內容全都記起來了。」

「什麼？」

聽到面不改色的數學計同學這麼說，我跟老師都睜大了眼睛。

班上所有同學的視線也都落在他身上。接著，新同學流暢地說出來：

「第三十七頁是『四、小數計算：請思考可以在哪些場合使用小數計算？』；『【問題①】1公斤賣700日圓的鹽若要買2公斤是多少錢？』，算式是700×2＝1400，答案是一千四百日圓。『【問題②】承問題①，請思考買2.5公斤的鹽時的售價』，這個算式是700×2.5＝1750，答案是一千七百五十圓。再來是『挑戰練習一：買0.8公斤的鹽時，要花多少錢？』這題的答案是……」

「好了好了！我知道了！已經可以了！」

老師連忙阻止新同學。

沒想到他不用看課本，就可以一字不漏地把課本內容說出來。

「好強喔，他是天才嗎!?」

「人帥頭腦又好，簡直太完美了！」

教室裡一陣騷動。

老師要大家安靜，便重新開始上課。

（真不敢相信！我就算看過好幾遍，都沒辦法記在腦中……）

小優也好，新同學也罷，為什麼我身邊有那麼多頭腦很好的人……

看著數學計同學借給我的新課本，我不由得深深嘆了一口氣。

我的學習成績不好，也不是現在才開始的。

平常上課我不但會好好寫筆記，課本也都會仔細預習。

因為常反覆翻閱，跟其他同學比起來，課本的使用痕跡也很明顯。

——但即便如此，每次的考試分數還是很糟。
從低年級開始就一直這樣。
尤其是數學，更是超・超・超級不擅長。
像之前的考試，滿分一〇〇分，我只考了七分……。
（看到這樣的成績，就算是媽媽可能也會生氣吧……）
才剛想裝成什麼事都沒發生，但大腦，忽然有一股血往上衝似的。
脈搏不斷地跳動。
握著鉛筆的手，不停發抖。
（嗯……沒問題的。我沒問題的。）
一邊在腦中重複喊著，身體也用力著。
將在身體裡散開來的闇黑感覺，用力地用力地壓下去。
再全都塞進內心深處。
一口氣用蓋子把這些感覺蓋起來……
好了。
眼睛打開的瞬間。

唰。

旁邊有張紙遞了過來。

「快解題。」

什麼？

數學計同學一臉嚴肅地看著我。

正摸不著頭緒時，發現是一張從筆記本上撕下來的紙。

「什……什麼？剛剛才被老師警告過，上課最好還是專心聽講比較好喔。」

我小聲地回答。但新同學不客氣地瞪著我說：

「妳才是最不專心的人吧！」

嗯。

還真是沒辦法反駁呀……

沒辦法之下，只能乖乖收下這張硬塞過來的紙。

仔細一看，紙上還手寫著大約二十題計算題。

這什麼……考卷嗎？

天啊！我馬上皺起眉頭。

（我對考試最沒輒了……）

而且這些題目好難，我看不懂。

還有為什麼要用命令的口氣，一臉了不起地命令我「快解題」、「把它寫完」。

還有，

考試時，原本總是很熱鬧的教室就會瞬間變得很安靜。大家明明沒有說好，卻會一起盯著課桌。

這樣，總覺得有些可怕。

沒有人會發現我的存在。

就好像——這個世界上，只剩下我一個人一樣。

「喂，妳到底在幹嘛？還不快點解題。」

在我發呆的同時，隔壁座位傳來不耐煩的視線。

（啊～好煩，我知道了啦！解就解！）

屈服於旁邊的壓力後，只好勉強自己開始解題。

反正這種程度的題目，就算是我應該也勉強有辦法算出來。

1＋1＝2

6－2＝4

3×9＝21

……嗯。

好了，完成了！

像這樣快速解完題目的感覺，已經好久沒有過了。

不過，五年級解開一、二年級程度的題目，好像也不是什麼多了不起的事啦。

「拿過來。」

數學計同學從我的手上把紙拿走，開始批改了起來。

然後稍微瞄了一眼那張寫著「十三分」的紙後，又丟回給我。

「呿，果然還是不行……」

數學計同學嘖地一聲，流露出超級不高興的表情。

呃！這個人是怎樣！到底想幹嘛啦！

3 我最討厭數學了！

那個莫名其妙的帥哥轉學生終於冷靜下來。

現在他把注意力放在筆記上，專心寫著。

唉……總覺得好累喔。

怪怪的轉學生，還有不擅長的數學課……

我兩手扶著頭，開始頭昏眼花了起來。

（情緒真低落……這時候……果然還是要靠那一招！）

幻想開關——啟動！

腦海裡，出現了一望無際的廣闊花海。

煦煦和風溫柔地吹著我的頭髮，一股香甜的氣味飄過來。

這裡是，我腦中的幻想世界。

今天也要跟動物好朋友們來一場快樂的下午茶！呵呵。

貓咪和兔子、松鼠、狐狸、老鼠。還有我。

大家聚在一起，一如往常，一邊享用點心一邊聊天。

「好，來看看今天的點心是什麼……？」

我按捺不住內心興奮的情緒，看向桌上。

上面擺著一個水桶大小的巨無霸布丁！

滑嫩Ｑ彈的雞蛋色模樣。

還有如同皇冠般閃耀的琥珀色焦糖醬汁。

啊，這個肯定、絕對、非常好吃啊！

光是看一眼，就讓人沉浸在幸福的心情裡。

呵呵。呵呵呵呵。

「——等一下，你要正確分出六等分才行。」

我拿著湯匙正要伸過去舀時，貓咪阻止了我。

「以1公克為單位精準平分。用每個人都能剛好公平分到的量，等分布丁吧。」

「咦!?我不可能算得出來啦～」

「這種程度的問題，只要學好數學，就會覺得很簡單。」

我得趕快分好，不然就吃不到布丁了！

……可是，六等分又要怎麼分？

用湯匙一匙一匙分，然後秤重嗎？

還是要像切蛋糕那樣切著等分？

但是，這裡是森林裡的花海，不但沒有秤重工具，也沒有菜刀。

而且，我的數學很差……要我以1公克為單位來等分，怎麼可能做得到！

越想越煩，我用力抓著湯匙。

（啊～好討厭！我好想趕快……吃布丁喔……！）

這一切都是數學的錯。

數學這種東西……

「什麼數學嘛，我最討厭了～～～！」

「喂，妳這傢伙！」

我的眼前，突然出現一張可怕的惡魔臉。

「哇!?」

布丁居然變成惡魔了!?

……不對。不是惡魔，是數學計同學。

對喔，雖然我完全進入幻想世界，但現在畢竟是上課中。

「妳說討厭數學？真是好大的膽子！」

數學計同學站了起來，氣勢洶洶地靠了過來。

一臉氣到發抖的樣子。

「咦!?」

（難……難道我把剛剛心中的話說出來了!?）

哇！太丟臉了！

話說回來，他也太可怕了！

就在我發著抖縮成一團時，川熊老師急忙阻止。

「喂，數學計，你冷靜一點。還有，花丸為什麼突然大叫？」

「對不起，我不小心睡著了……」

老師一邊苦笑，一邊告誡我「要專心聽課」，另一方面也拍了拍新同學的肩膀。

「怎麼了，發生什麼事了嗎？」

新同學好像想說什麼，卻又把話吞進去，過一下子才回答：

「……沒事。對不起。」

他用力地坐回座位上。

但旁邊仍持續傳來憤憤不平的氣氛。

嗚嗚……好可怕喔……

我嚇得縮起脖子。

「……花丸。妳還好嗎？」

老師輕聲對我投以關切的眼神問道：

「前陣子辛苦妳了，如果身體不舒服的話，不用太勉強自己。」

我忍住內心的傷痛，露出開朗的笑容。

「沒關係，我沒事。是因為之前考太差，所以心情才會低落。」

「哈哈哈，因為只考七分，心情當然會低落啊！」

坐後面的男同學笑著說。

「花丸考試不及格也不是什麼意外的事！」

「對啊！」

「喂！你們說話客氣點，不要嘲笑同學！」

老師稍微唸了一下男同學們後，回到講台前說：「好了，我繼續上課囉。」

在這之後，轉學生不滿的情緒繼續籠罩在我的身上。

（難道是……因為我說了『最討厭數學』，所以他以為我是在說他？）

畢竟我說的是數學課的數學，不是在說數學計同學這個人。

這個誤會還是趕快解釋清楚比較好。

但是，他好可怕。而且好像已經開始討厭我了。

為什麼這些倒楣事都在同一天被我碰上？

（總之……今天真的讓我的心好累，明天再來想辦法吧！）

我暗自下定決心，一到放學時間，就要馬上衝到鞋櫃。

回到家，吃布丁，打起精神。

昨天外婆買了四個布丁給我。

在這倒楣的一天裡，就只能靠幻想和布丁撐下去！

好～～！

「喂！等一下！」

「咦？」

我回過頭看向聲音的來源。

——那裡站著一個惡魔。

是氣到橫眉直豎，頭頂快冒煙的數學計同學。

「妳知道我要講什麼吧?妳必須負起責任!」

「咦?咦?」

這、這次又怎麼了~~!?

4 學科男孩登場！

「等一下！你快放手啦，數學同學！」
「叫我小計就好了。還有，到目的地前我絕對不會放手，完畢。」
完畢什麼啦！根本沒有回答我的問題！
附近路過的大嬸看到了，還笑著說「哎唷，真是青春無敵喔」～！
即使因為覺得丟臉和害怕而拚命抵抗，但還是使不上力氣。
我一路被拖著走，同時也用力把頭轉過來。
「那……那小計……？小計同學？」
「別加上同學！下次再叫錯，我就不放過妳！」
「咦!?」
「妳叫我們時不用連名帶姓，只叫名字就可以了。不用那麼見外。」
我們？他說的我們是指誰？

討厭啦～～這個人是怎麼了!?

真的完全無法溝通！

這就是小優之前說的什麼「對牛談情」吧！

「我知道了，小計！你要帶我去哪裡？至少也先告訴我吧！」

「還不是妳在浪費時間！讓我沒時間說明！」

所以，我才說不知道你要做什麼～！

在爭執時，我發現也快接近我家。

好。到時就找機會全力衝回家。

然後，拜託外婆叫警察過來……

就在腦中演練對策時，小計也終於停下腳步。

「……嗯？」

看了一下門柱，上面的門牌寫著兩個姓。

「大福」、**「花丸」**。

大福是外婆的姓，花丸則是……我的。

「這裡……不是我家嗎……」

「我知道。」

小計的回答，讓我不由得起雞皮疙瘩。

「為……為什麼你知道我住在哪裡……!?」

「我當然知道，我一直都在這附近看著。」

「一直都在這附近……」

像我這種平凡到不行的女生，居然會遇到這種事？

不對……這個世界上，也是會有人喜歡我這種類型的人（雖然自己說有點厚臉皮啦）。

好，我決定了。

「我要報警！」

「啊？」

「在這個紛擾的社會，我也必須好好保護自己！就這樣！」

「喂！妳做什麼！別這樣！」

「放手！」

「——小計。」

這時，後面傳來某個人的說話聲。

我和小計因此同時回頭看。

「你嚇到人家了，還是先把手放開吧。」

現場的氣氛馬上隨著爽朗的聲音而產生變化。

是一個有著柔順黑髮和知性雙眼的男孩在說話。

看到他，我嚇了一跳。

「啊，你是其中一個轉學生……」

也就是說，站在那裡的是另外三個傳說中的「帥哥轉學生」。

班上女生討論了一整天，所以我也把他們的名字記住了。

手拿著厚厚大書的黑髮男孩是一班的**國語詞**同學。

身穿白衣的小個子男孩是三班的**自然理**同學。

感覺有點像小大人的是四班的**社會歷**同學。

全都是擁有奇怪名字的超級帥哥。

這四個男孩在同一天轉到我們學校，這世界真是充滿了奇妙的巧合啊。

「……那個，謝謝你替我解危。」

從小計的手中掙脫後，我馬上向留著一頭黑髮的國語同學道謝。

他露出穩重的微笑，搖搖頭說：

「不要客氣。小計常讓別人覺得自己就像是『無島可泊之舟』，任誰都會感到無所適從的。」

「無倒渴伯？」

粥……是在講粥嗎？

看我一臉疑惑，國語同學笑瞇瞇地露出溫柔的神情，把手上的書拿給我看。

正覺得這本書好像很重時，才發現原來是字典。

「這是句諺語。意思是雖然想跟對方說話，但彼此卻無法充分溝通。小計沒說明清楚，就強拉妳過來。對於他的無禮舉動，請容我代替他向妳道歉。」

國語同學真是禮貌周到。

誠心解釋的話語和穩重的笑容，

讓我原本不安的心情，稍微冷靜了下來。

（國語同學人真好，溫柔又有禮貌。）

我的心裡開始小鹿亂撞，旁邊的小計則是表示不滿。

「這傢伙的行動根本無法預測，要是我不抓著她，根本不知道等一下又要做什麼。」

「啊～真的是這樣呢！突然把課本全部丟掉，也未免也太大膽了吧～！」

接著說話的人是看起來很時髦的社會同學。

他用迷人的笑臉，放聲大笑說著。

「小圓這種異於常人的性格屬於伊達政宗型。政宗啊，常常故意摔破茶杯呢！」

「政……政宗？」

他是說自己的朋友嗎？

而且，他為什麼直接叫我「小圓」……？真不可思議。他好像早就跟我很熟似地叫著我的小名。

當我正一頭霧水時，忽然往旁邊一看，

「呀——!!」

我被某個東西嚇到了。

我的肩膀上，怎麼有一隻像蜥蜴的生物!?

「是……是蜥蜴！討厭，快拿走！好可怕！」

「他是變色龍，名字叫小龍啦。」

矮個子的男孩自然理同學輕聲說道。

「他是爬蟲類蜥蜴目，是蜥蜴的一種。

「不過不用怕，牠不會咬人。」

自然同學一面注視著變色龍……小龍，一邊說著。

他看起來很乖巧，不過看著變色龍的眼神卻充滿光芒。

……他很喜歡動物嗎？

「圓圓一定可以跟小龍當好朋友。」

「咦？是……是這樣嗎？」

自然同學抱著小龍，開心地輕聲說道。

「咦？圓圓……是指我嗎？」

他也一樣突然叫起我的小名。

明明我們今天才第一次說話……

這群男孩就這樣自在地閒聊起來，突然小計又對我叫了聲：「喂。」

「現在已經浪費掉五分十二秒的時間了。我們還是趕快開始吧。」

「現……現在要開始什麼!?」

話才剛說完，小計睜大雙眼。

「當然是唸書啊！」

咦？為什麼!?

為什麼這時候會提到唸書的事!?

完～全不懂他到底要做什麼!!

心中正發出無聲的吶喊，社會同學忽然湊了過來。

「好了好了，小計，你冷靜一點。還是先自我介紹吧？」

「你們還有時間，才會一派輕鬆！我可是剩下不到七天的時間耶！」

七天？……到底在說什麼？

「只是，小圓還不知道我們的身分，會覺得混亂也是理所當然的吧？」

一邊這麼說，社會同學一邊若無其事地把手放在我的肩膀上。

哇，這樣的肢體接觸，未免也太會裝熟了。

這個人真輕浮……！

「啊哈哈……就是嘛，我真的一頭霧水……」

我一邊假笑，一邊把手撥開。

順勢往右邊移動，想跟他們保持距離。

「哇！」

這時變色龍又出現在我的眼前。
於是我乾脆更往右邊逃離。
沙沙。
現在還是先趕快躲到最值得信賴的國語同學的身後好了。
「請……請你們說明一下！到底怎麼回事？」
看到我如此大喊，小計一臉不耐煩。
「就算我們不說，妳也應該知道，我剩下的時間不長了！」
「不知道！我真的什麼都不知道啊！」
我用力搖了搖頭。
「受不了，妳還真遲鈍耶。就算沒辦法推測全貌，但好歹也該猜到一點吧……」
其他三名男孩跟我一樣將視線投往小計身上。
小計原本臉色嚴厲，隨即大大地嘆了口氣。
「我知道了。我只再說一遍，給我聽好了。」
我吞了一下口水，準備仔細聽清楚。
現在肯定是不能聽漏的大事，他一定會說出很不得了的內容。

噗通噗通噗通……

小計沒有改變原本的表情，盯著我說道：

「我們都是被妳丟掉的課本。」

5 再不唸書就會變成殺人犯!?

「小圓，妳怎麼了？快過來一起吃點心啊～」

咦，是森林裡的好朋友們！

一回過神來，發現自己身在森林裡。

貓咪、兔子、松鼠、狐狸。大家都很親切地包圍著我。

「妳好像很沒精神呢。」

「只要吃布丁，就能打起精神了喔。」

呀！我想吃布丁！布丁在哪裡？

呵呵呵呵。

嘿嘿嘿嘿。

「──喂。」

突然間，原本柔和的世界變了一個氣氛，一陣低沉聲音傳來。

森林的景色像是突然切換般，隨之而來的是一個男孩的臉孔浮現在我眼前。

「哇!?」

「別再翻白眼逃避現實了！」

就像冰塊般冷漠的言語。

一看到小計的臉，我馬上回歸現實。

周遭不再是森林，而是我的房間。

而且，身邊則隨處坐著那四個剛轉學過來的男孩們。

（對了……我們原本好像在說話……）

但突然全都跑進我家，而且還說什麼「我們都是課本」這種莫名其妙的話，要我不逃避現實也難……

不管怎麼說，他們就這樣自己進入我的房間裡……

「那……那麼，你們到底是想……？」

重新整理情緒後，我怯怯地詢問。

「就像你們看到的，這是個很普通的家，我也是個沒什麼特別的平凡女生。你們到底為什麼要這樣跟蹤我，我現在完全沒有頭緒。」

「跟蹤？」

小計的眉頭皺了起來。

「哇哈哈！你說我們是跟蹤狂！好好笑喔！」

小歷（社會同學）當場捧腹大笑。

知道自己被當傻瓜後，我的臉馬上紅了起來。

「因……因為你們都知道我的名字和家住在哪裡嘛！」

「說的也是啦。只是這裡畢竟也算是我們住的地方啊。」

「啊？啊？」

不要說這種奇怪的話！這裡是我家才對！

從我懂事以來，就從來沒有跟男孩一起生活過！

這些人一直說些莫名其妙的話，我也越聽越火大。

「不要害怕，我們沒有想要害妳的意圖。」

國語同學溫柔的聲音，讓我冷靜下來。

唉……雖然這樣無法改變整個事件很荒謬的事實。

看到我生悶氣，小詞（國語同學）一臉擔心地看著我。

「突然要妳相信這些事，確實也很強人所難。但是……我們真的是妳的課本。所以才會知道妳的名字，也知道妳住在這裡。也因此，說這裡是我們的家，也不是胡說八道。」

嗯。小詞雖然這麼說……

但他們是課本這回事……

就算真的說的是實話……

這種莫名其妙的事，我怎麼可能真的相信啦。

「真傷腦筋，要怎麼說明才能讓妳相信……」

小詞雙手交叉，一臉苦惱的樣子。

雖然不忍心看小詞傷腦筋，但我完全無法理解，也是事實嘛。

「——對了。小計，給她看那個好了！」

忽然，社會同學像是想起什麼般，拍了拍自己的膝蓋。

小計聽了以後，一臉驚訝。

「喂，你說的那個，該不會是……」
「的確，如果能讓小圓看到那個，或許她就會相信了。」
「嗯。那個看了，的確挺有衝擊感的。」
幾個男孩都紛紛表示贊同。
那……那個到底是什麼……？
我靠了過去，發現小計的表情變得越來越難看，而且一臉不滿。
「我才不要，為什麼是我來——」
一瞬間，小理突然把小計的襯衫拉了下來。
在我眼前，
一個男孩，
光著上身。
「呀——！」
「呀——！」
我和小計同時發出尖叫聲。
「不要啊！變態！」

「妳別說這種讓人誤會的話！我才是被害者吧～～！」

小計雖然拚命抵抗，可是小歷和小詞抓著他，不讓他亂動。

我則是雙手遮住眼睛。

這時的我漲紅著臉，整個人都覺得發熱！

「快……快點穿上衣服吧！」

「小圓，沒事的。」

是小詞的聲音。

「相信我吧，妳可以張開眼睛了。」

爽朗且宏亮的聲音，聽得出他的誠懇心意。

（嗚……既然小詞這麼說，那就看一下下好了……）

一張開眼，眼前的是小計的側腹部。

討厭，果然還是沒有穿上衣服！

就在這麼想的一瞬間，我也似乎看到某個熟悉的東西。

雖然剛才沒有注意到，但小計的側腹上寫了一段文字。

那是刺青嗎？

不對，那是……

花丸圓 100分

「騙人……」

我看得目瞪口呆。

這些文字，我的確曾經看過。

「我希望妳能喜歡上自己不擅長的科目，所以課本上的名字我們要一起寫得工整漂亮喔。」

這難道是那天，只有我和媽媽知道的祕密魔法……!?

但是，那個魔法是寫在課本最後一頁的角落。

除了我以外，沒有人看過，就連小優也沒看過！

我靠近小計，認真地看著。

絕對不會錯……這是媽媽寫的字！

「為什麼媽媽寫的字會出現在這裡……？」

真不敢相信。

但是。

——要是相信的話，所有事情都解釋得通了。

在垃圾場丟掉的四本課本不見了，接著這四個人出現。

明明都是轉學生，卻知道我的名字和地址。

小計在上課時，不用看課本就可以把整頁課文完整說出來。

還有這四個人的姓名代表著各科名稱。

還有……小計側腹部上的文字。

「這麼說……你們真的是我的課本……!?」

我用顫抖的聲音說著，同時緩緩看向這四人。

小詞是國語課本；小理是自然課本；小歷則是社會課本。

至於小計則是數學課本……

但是，課本化為人類這件事，真的有可能發生嗎!?

「身為課本的我們，一直都在看著妳。突然有一天，我們就變成了國小五年級男孩的模樣。」

小計慢慢解釋道。

「……但是，我們現在還不算是真正的人類。」

「咦，是這樣嗎？」

我有點被這句話嚇到，所以不禁開口問。

因為他們不管怎麼看，都像是普通人類……

「我們和人類不一樣的地方就是……我們知道自己的『壽命』有多長。」

「壽命？」

「沒錯。也就是我們的生命是有期限的。」

小歷一臉困擾地抓抓臉頰。

「唉～這話題真的挺討厭的。總之我們知道自己大概何時會『消失』。我的話，也只剩下十五天了。」

社會同學說完，其他男孩接著說：

「我只剩十八天。」

「我是十六天。」

「……還有我，我剩七天。」

聽完，我忍不住發出了「咦！」的驚訝聲。

雖說大家的生命期限都比預想中還短……但為什麼只有小計特別短？

「妳也發現奇怪的地方吧？我們四個人的生命期限不太一致，明明同時誕生。我也針對這點做了各種分析，得到的結果是……」

小計說到這裡時，眼睛突然睜大，並且看向我。

「我們的壽命和妳前一次考試分數，完全相同！」

「咦～～～～!?」

考試分數決定了這些男孩的壽命!?

我趕快從桌子裡拿出考卷，全部攤好。

社會十五分、國語十八分、理科十六分。

還有——數學七分。

「真……真的耶！」

就跟剛才大家說的壽命，一模一樣！

「這樣妳明白了吧？就是因為妳的關係，我已經快要死掉了！」
小計的雙眼怒視，一掌拍向桌子。
「七分耶！滿分一百分，妳卻考七分！根本是在亂寫！」
「咦？我才沒有亂寫。這可是我拚命努力考出來的……」
「今天上課時我要妳寫的小二程度題目，滿分二十分，妳卻考了十三分。還敢說沒有亂寫？

『3×9＝21』？這個答案妳倒是給我解釋清楚！」

嗯。

這……這只算是有點小失誤吧……

「但……但十三分就是十三天對吧？這樣一來，小計的壽命應該也會延長一點吧？」

「要是這樣可以延長壽命的話，現在我就會要妳寫完一大堆考卷了。反正，我的壽命還是只剩下七天。」

怎麼會……為什麼會這樣？剛剛不是說考試分數會變成他們的壽命嗎？

在我陷入混亂的同時，小詞向我說明。

「我想應該是自行製作的模擬考卷無法影響壽命的關係吧？會影響壽命的，是更有公信力、而且大家都參與的考試才行。」

咦？是這樣嗎？

我失望地看著小計，只看到他發火冒三丈。

「所以，我才說現在不是放鬆的時候！給我聽好，七天後，也就是在下個星期一的學校能力測驗上，妳要是沒考到好分數，我就會死掉！到時候妳就會變成『殺人犯』！」

殺……殺人犯!?

不寒而慄的感覺讓我忍不住縮起了脖子。

「但……但我又不是故意的。所以也不算是殺人吧？」

「嗯～雖非故意，但應注意，並能注意，而不注意者，便是為過失。知道是因為自己的行為使對方致死，那麼該行為——也就是『不唸書』這個行為成立的話，就符合『過失』的概念，那就代表涉及殺人罪的領域囉～就是這樣。」

小歷用很艱深的說法說明，但我完全聽不懂！

小詞救救我啊！

我把視線轉向他，卻只看到小詞一臉遺憾的表情。

「根據《往生要集》所記載，殺生者即墮地獄。即使是『等活地獄』這個較為淺層的地方，還是要接受歷時九一二五萬年的嚴刑拷打。」

「噫噫……」

我轉過頭看了看小理。

小理抱著小龍，似乎心情很低落。

「我……會消失？」

不……不要用這種眼神看我……！

讓我的心好痛喔！

「——妳願意唸書，對吧？」

大家的視線，直接落在我的身上。

氣氛緊繃所帶來的心理壓力，讓我吞了吞口水。

（我不要唸書。我已經不想再唸書了。對，我早就決定好了……）

看到內心正在天人交戰的我，小計顯得很不耐煩，瞪大雙眼。

「妳快點回答我們啊!!」

「好，我願意唸書!!」

就這樣，我和代表四個科目的男孩，展開了攸關性命的讀書週。

6 住在家裡的家教？

隔天早上。

教室裡跟昨天一樣，還在討論那四個帥哥轉學生。

現在女生們以「你是哪一派」為話題，發展出四大派系了。

「我喜歡小歷！他不但長得很高，打扮也很有型，更重要的是，對女生都很溫柔！」

「我是小詞派！連我都開始看起他推薦的書了！」

「小理跟動物一起玩時的笑容，超可愛的～！」

「小計同學又酷又有神祕感，讓人心跳加速～」

咦？又酷又有神祕感？

小計才不是這樣，他其實是急躁又粗魯的人。

我心裡如此吐嘈。

「小圓，妳是哪一派？」

「你們可以生活在一起，真的讓人很羨慕耶。」

對於突如其來的這句話，我只能露出抽搐般的傻笑。

似乎因為某種「神奇的力量」，讓那四個學科男孩可以順利融入人類世界，大家的記憶都被操控了。

不但外婆也明確地說：「四個帥哥住進我們家，真是太棒了！」就連學校的女生們也不斷向我逼問。

不對，與其說是逼問，倒不如說是想要透過我調查情報才對。

因為大家的眼神看起來，並不是在開玩笑。

「這……」

這時要是不慎重回答就糟了。

現在光是這種狀態，就讓大家產生了「和四個帥哥住在一起！真讓人羨慕」的觀感。

所以，我得避免被嫉妒，不要讓別人認為我「太得意忘形」。

「……哎唷，我對戀愛不是很懂啦。」

「咦～雖然這樣說，但每個人多少都會在乎戀愛吧？」

「不會啊，我比較在乎是不是能吃到布丁。」

這句話確實是我的真心話。

「哈哈哈！小圓還是老樣子，只在乎吃的東西。」

大家開心地笑了出來。

我傻笑地抓了抓自己的頭。

呼。總之，這樣看來應該是過關了。

（但最重要的問題……是放學後。）

到底有沒有什麼辦法，可以逃掉學科男孩們的課後加強課程。

我滿腦子想的都是這件事！

昨天要不是迫於壓力，我才不會被迫說出「願意唸書」。

但我早就已經下定決心，不要再唸書了。

必須好好思考一下，用什麼方法讓那四個人理解我的決定。

噹咚噹咚——

放學的鐘聲響起，小計充滿氣勢地從座位上站起來。

「回家了。」

我呆站在桌前，被他惡狠狠地盯著。

（唉……看來我只能放棄了。）

結果，我還是沒想到任何方法躲過他們。

只要一回到家裡，就會看到那四個人在等我，根本沒地方逃跑。

「不要拖拖拉拉的，快點準備唸書。」

「等……等我一下啦。這麼突然，我還沒準備好啦……」

「直接放下妳那沒用的書包就行了，快跟我走。」

這也太亂來了啦！

在小計抓住我的手那瞬間。

「——住手！」

有個尖銳的聲音傳過來。

「小優！」

我的好朋友小優露出不高興的表情，跑過來站在小計面前阻擋著。

「小圓都已經說不要了，你快把手放開！」

小優最討厭不對的事情，不管對自己和他人，都嚴格守著這個規範。

她不只是兒童會的成員之一，也是大家口中稱讚的「模範生小優」。

小優生氣時，大部分男孩都會乖乖聽話。

「這可是攸關生命的大事，妳不要妨礙我。」

「我是小圓的好朋友，也是班長。我不允許同學間施加暴力、強迫、恐嚇的行為。我要先聽聽你的解釋，請你現在立刻放手。」

小優露出強硬的態度。

她的魄力讓小計的表情冷靜了下來，不甘不願地放下手。

「而且，突然有四個男孩到小圓家寄住實在太奇怪了。小圓的外婆從來沒有跟我提起過這件事，為什麼每個人都不覺得這整個發展很可疑……」

小優皺著眉頭，看著小計。

咦？這樣看來……

難道「神奇的力量」對小優沒有效果!?

「妳說寄住啊……這其實只是表面上的理由。」

小計這麼說的同時，小優的眼神馬上出現變化。

「表面上？」

「我們四個人不是來玩的，我們是家教，是為了矯正這個傢伙的惰性，幫助她讓原本爛到底的成績考到滿分。」

家教!?

他怎麼又擅自……!

這時就要把事實全部講明白，一口氣把他的藉口擊退吧。

「小優，妳聽我說——」

「咦，你說是來當家教的嗎？」

我才剛開口說話，小優嚴肅的表情瞬間放鬆了下來。

嗯嗯？怎麼覺得她的眼睛閃閃發亮……？

「原來啊……！小圓終於想唸書了啊！」

「咦？」

「太好了，妳終於振作起來了！」

「咦!?小優，妳不是要來拯救我的嗎!?」

小優微笑著拍了拍我的肩膀。

「唸書是小孩的義務，也是人人都能平等擁有的權利。透過唸書，能開拓自己未來的人生方向，讓我們一起努力吧！」

「不，那個……」

「而且小計能將課本內容全部記下來，他一定會是很好的家教。」

「……」

嗚哇～～～～！！

我痛苦地雙手抱頭。

完蛋了。

這下外婆和小優都沒辦法當救兵了！

現在我的眼前就只有「絕望」兩個字……

也因此，我心不甘情不願地跟小計回家。

回到家後，看到其他男孩也都已經聚在客廳裡。

就連外婆也在。

「我們能在這個家寄住真的太幸運了。小梅，真的很感謝妳，我應該更早以前與妳認識。」

「哎呀，小歷真是一個有趣的男孩呢。呵呵呵。」

有什麼好笑的！為什麼反而是我覺得不好意思！

「對了，我之前一直很在意一件事。你們哪一個才是小圓的男朋友候選人？」

「是我。」

「我也是。」

「那麼我也是。」

除了小計以外，三個男孩一個接一個舉起手。

咦!?這些人到底在講什麼!?

外婆就像是看好戲般，笑嘻嘻地拍著手。

「哎唷！三個都是男朋友候選人!?真不愧是我的孫女！別看外婆現在這樣，以前也是很有男人緣喔~。」

「可惡，你們別趁我不在的時候亂說話！還有外婆，妳別隨便相信他們啦！」

看到脹紅著臉生氣的我，外婆就只是「哎

唷唷」地笑著。

我的外婆就像這樣，是一個有些單純的人。

雖然從前就很常幫忙碌的媽媽照顧我……但根本沒兒子的她，接到自稱是兒子打來的詐騙電話，還是會差點上當，總之平時就得注意她是不是會被騙。

就算沒有被神奇的力量控制記憶，外婆也很有可能讓這四個人直接住進家裡。

「小計快過來吧，來吃點心跟麥茶。」

外婆笑嘻嘻地在男孩們面前端出杯子和布丁。

「布……布丁不可以拿出來！」

我突然大聲喊著。

「外婆，那個應該是我的布丁吧！」

「因為也沒別的可以拿出來，而且這四個也剛好能請他們吃。」

「可是……給我吃的那一份呢……？」

「我們要以客人為優先，小圓的份，下次再買給妳。」

怎……怎麼這樣！

這個打擊實在太大了，我整個人癱軟在榻榻米上。

嗚嗚……總覺得我最近好像被布丁討厭一樣。

從吃不到幻想裡的布丁開始，就一直這樣。

唉……那個水桶大的布丁，真想吃一次看看，一定很好吃……

外婆走出客廳後，小計從自己的書包裡拿出一張紙，攤開來放在桌上。

「這是妳的課程表。就像表裡那樣，我已經算好我們四人如何平分妳的讀書時間了。」

小計一臉得意自己的成果般，把親手寫的課程表展示出來。

星期二 數學
星期三 國語
星期四 社會
星期五 自然
星期六 模擬考
星期日 複習
星期一 實力測驗當天!!!

上面寫了從今天星期二開始，到下星期一實力測驗為止的每日讀書計畫。

「從今天開始的四天，我們每天輪流當妳的家教，妳也要在相應學科上用功。星期六的模擬考當天不需要唸書，我們要驗收妳的讀書成果。星期日則用來複習全部學科。另外，幫妳課後加強的人在上課時說的話，妳必須絕對服從，其他男孩也不會干涉。」

看著小計滔滔不絕，我的心情也越來越低落。

啊啊，嗚嗚嗚。

從今天開始大約有一個星期的時間，都要一直唸書啊。

就算我想逃避，他們也住在我家，根本拿他們沒辦法。

我放棄了……現在只能暗自吞下淚水，想辦法存活下去了。

「——說明到此結束。我們開始唸書吧，今天輪到數學！」

小計迫不急待地站了起來。

「……為什麼還是先從數學開始啊？」

我才剛抱怨完，小計回瞪了我一眼。

但數學是我最不拿手的科目啊，我完全提不起勁唸書嘛……

「欸，你們是怎麼決定順序的啊？」

我隨口一問，小計的眼神突然往旁邊飄移，說話開始顯得吞吞吐吐。

「那……那是機會均等原則，以及具有公正性平衡的——」

「我們是用猜拳來決定順序的。」

小詞接著說下去。

「咦？猜拳？」

「小計猜拳超弱的。」

「他的勝率不到五％」

男孩們開始你一言我一語。

「吵……吵死了！那都是偶然輸掉的，就機率而言，我一點也不弱！」

本來很強硬的小計，終於露出心虛的模樣。

哇。總算知道他意外的弱點！

「欸，那你也跟我猜拳試試看吧！」

「才不要！少廢話，要準備唸書了！」

小計從榻榻米上站起來，自顧自地走出客廳。

7【星期二・數學】恐怖的算術地獄

咚啪。

進入房間後，就看到小計把多到像山一樣的考卷放在桌上。

「嗚哇。」

跟著他走進房間的我，一看到這個景象，不自覺發出慘叫。

那一疊考卷至少超過三十公分，而且竟然還有三疊……!?

「難道……你要我把這些全部寫完……？」

「當然。只要妳能全部寫完，就一定能考滿分。我必須確保自己能多活一百天。」

沒想到他是認真的，竟然打算逼我考滿分。

「什麼考滿分，我肯定辦不到！你還不懂嗎？上次的考試，我可是考七分耶！七分！」

「別用炫耀的口氣說啦！」

「我……我才沒有炫耀。」

不過，我的確說得蠻心虛的。

「現在妳想要考滿分的機率不到〇．〇〇〇〇〇一％。但只要完美執行我的計畫，就一定可以考滿分。照理說啦。」

什麼叫作「照理說啦」。

我一邊碎碎唸，一邊看著那堆考卷。這時小計把最上面的那張拿起來，直接塞進我手裡。

「聽懂了，就快點坐下來寫。」

「咦？這麼突然？」

「這是當然的啊！就算要把妳綁在椅子上，我也一定要確實把妳鍛鍊到可以考一百分！」

他的雙眼就像是燃起熊熊烈火。

噫！

要是反抗的話，說不定真的會被他綁在椅子上。

我不情願地拿起筆，開始準備寫考卷。

「好，快解開這題！妳每題只能用五秒！」

「咦？我辦不到啦——」

碰！

「！」

小計突然用摺扇用力拍打考卷。

「再抱怨，我就追加十張考卷。」

「咦！這太亂來了！光是這堆就很多——」

啪沙啪沙

又追加了一些考卷。

「我……我知道了啦！」

這個人果然是惡魔！

我一邊發著抖，一邊寫考卷。

呃，小數計算？

嗚哇，這是我最不擅長的東西。

①15×0.3

「嗯……是3.5……吧？」

「不對，是4.5！妳不要計算錯誤，專注一點！下一題！」

「嗚嗚……」

好痛苦，頭好痛……

眼前所看到的，只有永無止境的考卷山。

我呆望著那成堆的考卷，開始逃避現實。

啊啊，如果這些不是考卷，而是布丁的話……

（嗯？布丁……？）

香噴噴～

鼻子突然聞到甜甜的香氣。

我反射性地轉過頭。

「布……布丁！」

是真正的布丁！為什麼!?

就在我要靠近突然出現的布丁時，小計瞬間把那盤布丁端走。

「這是我的，是小梅外婆剛才給我的。」

「給……給我吃一口就好。不對，至少讓我聞一下味道。」

「喔？妳那麼喜歡吃布丁？」

「我非常喜歡布丁！甚至比三餐還愛！」

「原來如此。不如這樣吧。到下次考試結束為止，禁止妳吃任何布丁！」

咦～～～？

下次的考試不就是星期一的實力測驗嗎？

「不只是這樣，如果成績不及格，也就是我因此消失的話……我會拜託神明，罰妳一輩子再也吃不到布丁！」

「怎……怎麼可以這樣！這我沒辦法忍受啊！」

「那妳還要不要唸書啊？」

嗯。

我一邊點頭一邊吞了吞口水。

「把布丁當成威脅……你……你實在太卑鄙了……！」

看著我這樣碎碎唸，小計突然睜大雙眼。

「不要再說廢話了！快寫下一題！」

我知道啦！

呃，下一題是……。

②
12.2
×
0.1

嗚哇！好難啊！

兩邊都是小數，我完全看不懂啊！

「嗯～嗯～……2、20……？」

「錯了，是1.22！妳真的有認真作答嗎？」

嗚！什麼認真，我就是沒那個心情啊～。

我哭喪著臉看著那堆考卷。

沒有休息，一直寫，已經寫了一個小時了。

就算想休息，小計也在我旁邊監視著，完全沒機會站起來離開座位。

每次一寫錯，聽到紅筆用力批改考卷的聲音，也讓我超有壓力。

唉，這簡直就是「人間煉乳」啊……。

「喂，妳快點解開下一題！」

「我知道啦！呃，『請計算出以下圖形的體積』？」

上面的圖是立體的正方形箱子。

啊。這個問題，我記得有公式可以解。

所以要寫出來的數字……是不是用加法!?

「我知道了！是 7+7+7 所以答案是21！」

「不對——————啦!!」

啪！

大聲斥責的小計把紅筆折成兩段。

「求取立方體體積的方法是『底面積（長×寬）×高』！給我把公式記好！然後只要把公式帶進去就好了！」

「好奇怪喔。我應該有把公式記下來才對……」

「數學的世界不能靠『應該』或是『好像』！妳這個笨丸不圓！」

嗚，原來他記得這個假名字……

「妳計算錯誤的情形未免太多次了！到底想錯幾次才會罷休啊！」

「哇！」

因為我完全不懂的東西，就是不懂啊！

為什麼我會計算錯誤呢？

怎麼樣才是正確的？怎麼樣才是錯誤的？

（嗚……我果然很討厭這個科目！）

我最討厭學數學了！

我最討厭學數學了！

我最最最最討厭數學了～～～～！

8 【星期三．國語】讓人心跳加速的國字練習！

「呼啊～～～～～～～」

隔天午休時間。

我打了一個大大的哈欠，直接癱在桌子上。

結果昨天被逼著寫考卷，寫到快午夜十二點。

現在我開始害怕起數字了，光是看到黑板上寫的日期，都會起雞皮疙瘩……

「小圓，妳沒事吧？妳的臉色好難看。」

「我只是數字過敏有點發作而已……嗚，頭好痛……」

坐在我後面的小優很擔心我，輕拍著我的背，想安慰我。

這麼體貼的舉動，讓我的心靈得到一絲療癒。

「……哎呀，怎麼了？」

小優忽然說了這句話。

我抬頭看看小優，再沿著小優的視線轉頭望去，發現走廊角落站著一群人。
站在中間的人是……
「小詞？」
我用有氣無力的眼神看著他。
我瞄到站在人群中的是——洋溢著溫柔微笑的小詞。
小詞才轉學過來三天，就已經得到「閱讀王子」的封號，根本變成風雲人物。只要他向大家推薦有什麼書好看，每個人都會去閱讀那本書，就連以前整天在學校打瞌睡的男同學，也會變得很愛看書。
不如我也問問他有什麼書可以推薦給我看吧……前提是等我有心情再說……
「我記得，小圓以前很擅長國語。」
「嗯～也不到很擅長啦，我這個人很愛幻想，所以很愛看故事書。但我老是記不住國字，所以有些書其實只是裝成正在看，但完全讀不下去。」
拿起書，裝個樣子，真的很輕鬆呢。
要是所有書都能讓我裝裝樣子隨便看看就好了～。

忍著因為數字過敏而產生的頭痛，總算讓我撐到放學時間。

除了小計今天沒對我唸東唸西外，今天也依舊很普通地度過了上學時間。

「幫妳課後加強的家教老師在上課時說的話，妳必須絕對聽從，其他男孩也不會干涉。」

這個規定看起來他們應該會遵守。

我拿出放在口袋裡的課程表，打開來看。

今天要加強的科目是國語。

小詞雖然人很溫柔，但要我唸書時，是不是也會兇巴巴的……？

「我回來了～」

回家後，我發現裡面很安靜。

看來男孩們都還沒回到家，外婆也出門了。

（無論如何，小計還沒有回來就是好事。）

昨天課後加強產生的心靈創傷，讓我有點不想回自己房間，所以我把書包放好後，決定先走到客廳。

然後，打開冰箱！

（嗚～果然沒有布丁的蹤影……）

唉。我一邊嘆氣，一邊拖著腳步離開。

忽然，一陣舒服的風吹到臉上。

（咦？難道外婆忘記把門關上就出門了？）

結果我在簷廊[註]邊看到的景象，讓我嚇了一跳。

（哇！小詞在那裡！）

在我的心噗通噗通跳的同時，我也悄悄靠了過去。

看樣子，他睡著了。

（他睡覺時的臉孔，好漂亮喔……）

長長的睫毛就像是輕輕落在他白皙的臉上。

在我不自覺凝視他的同時，小詞也慢慢張開眼，醒了過來。

「啊，對不起。我看書看到一半打起瞌睡。這裡太溫暖了，所以我才睡著。」

小詞舒服地伸了伸懶腰，接著打起精神來。

如此放鬆的氣氛，我的心情也跟著緩和了起來。
「小圓不如也坐在旁邊吧？」
「可以嗎？」
「可以的，請坐吧。」
那……那我就不客氣了……
在我坐到旁邊後。
「哇。」
我不自覺地發出了感嘆聲。
晴朗的日光，還有一望無際的藍天。
雖然現在還是依舊炎熱的夏末，但身處在恰到好處的日蔭下，卻能感受到舒服的涼風。
感覺已經很久沒有像這樣坐在簷廊上了。
「小詞，你在看什麼書呢？」

註：東亞傳統建築中，屋簷延伸為頂的走廊，與建築物相連，可作為通道，也是房子內部與外部的緩衝。

我這麼一問，小詞便微笑著把身旁的書遞給我。
我看了看封面，嚇了一跳。
「字……字典？」
「很有趣喔，只要瞭解字詞，就能開拓我們的眼界。」
他笑著的表情，真是閃閃發亮。
嗯～字典啊。但遺憾的是，我對看這種書沒什麼興趣。
「好了，那麼我們開始上課吧。」
小詞這麼說道。
聽到這句話，我馬上倒抽了一口氣，反射性緊張起來。
嗯……今天也差不多到該唸書的時間了。
「……那麼，要到我的房間嗎？」
我怯生生地問道，小詞搖搖頭。
「不用了，難得今天天氣這麼好，在這裡唸書就可以了。」
「咦？真的嗎？」
「當然。任何地方都能成為我們唸書的環境。」

太好了！

心情一放鬆，我也坐著把雙腳伸直。

「這次的唸書時間不多。我們要在考試的範圍內，找出解決妳不擅長的領域。根據前一次考試，我分析出一件事……」

小詞一邊說著，一邊打開字典。

看著他手指著的位置，那個字是：

【國字】

「小圓最不擅長的——就是國字。」

嗚……完全被看穿。

我在低年級時期，雖然可以記下很多國字，但隨著年級升上去，要學的國字越來越複雜，數量也越來越多……所以這兩、三年以來，我變得記不了太多新國字了。

「如果不懂國字，也會很難閱讀文章。妳也應該因此變得很討厭閱讀吧？這樣一來，就會讓國語考試成績變得很不理想。」

我聽完小詞這麼說，不停點頭。

小時候我很喜歡看故事書，也喜歡幻想。

但是，後來自己閱讀時遇到不熟悉的國字越來越多，也變得討厭起閱讀。

考試時不但無法專注，題目也幾乎沒辦法解開……

小詞低下頭，把手中的字典闔上。

「到目前為止，妳是用什麼方式學習國字呢？」

「呃，基本上就是練習寫字吧……你先等我一下！」

我到玄關那裡把書包拿過來，並且拿出國字練習簿給小詞看。

練習簿裡能看到重複「抄寫」相同文字的成果。

寫國字這件事從低年級開始起，就是我很不擅長的事。

練習簿裡，大概從第三個字開始，就不知道在寫些什麼，我完全不懂那些筆畫的意義。接著就突然飛到幻想的世界去。

「唉……我知道這樣亂塗鴉不好……但我還是不喜歡練習寫字……」

我抓抓自己的後腦，小詞則雙手抱胸，若有所思地回答我：

「既然如此，那我們就別練習了。」

「咦!?」

我的眼睛睜得又圓又大。

「真的可以嗎？」

「可以。」

小詞一臉平淡地闔上國字練習簿，放到一旁。

「畢竟每個人都有自己的個性，所以必須『因材施教』。既然小圓不適合用重複書寫的方式練習國字，那就沒有必要堅持這麼做。我們來思考一下『能不勉強自己，也能記下國字』的方法。」

說出這麼體貼的話，讓我的內心充滿感激。

自從在昨天的課後加強中被小計狠狠教訓後，精神上的緊繃感已經快要到達極限。現

在小詞這麼溫柔，簡直快讓我喜極而泣。

「不如嘗試新方法吧。我建議將國字分解，並且以圖畫的形式來記憶。」

「咦？圖畫？」

「小圓，妳很擅長自己編故事對吧？其實，想像力豐富的人隱藏著擅長學習國語的才能。」

「我這種人怎麼可能……」

我正要繼續講下去時，小詞用食指抵住我的嘴唇。

「妳不可以有這種態度。話語中寄宿著『言靈』，要是妳真的接受了那種話，就真的會成為自己以為的那種人。」

在這麼近的距離看著他，我的心臟就好像快要從胸口跳出來。

這下糟了，我的心，跳得超快的！

我全身僵硬地勉強點頭回應，小詞看了也對我點了一下頭。

「首先，我們要先留意部首的存在。」

「部首？」

「沒錯。所謂的部首就是『**偏**』、『**旁**』、『**冠**』、『**腳**』、『**構**』、『**垂**』、『**繞**』這七種[註]。其中尤其以『偏』的種類最多。」

嗯，我記得之前好像有學過……？

像是在字旁邊的「木」，「氵」是三點水這些東西吧？

還有『偏』是左側，『旁』是右側吧……？

「小圓，妳會將成績的『績』寫成『積』，複雜的『複』旁邊寫成『ネ』。雖然好不容易將文字的印象記下來，但部首一寫錯，還是會被扣分。只要減少這類失誤，你的考試成績就能往上提昇。」

「啊，真的耶！」

我看了一下自己的考卷，真的像小詞所說的，我在「偏」的地方出現了很多錯誤。

還不是因為那樣分很複雜嘛。

而且這兩個字一樣都讀成「ㄐㄧ」，右邊一樣都是「責」。

就算考試時還有印象，但最後還是陷入「到底是『糸』還是『禾』？」的迷惑中，完全記不起來。

註：一般來說，中文使用者並沒有對所有偏旁定義稱呼，日本則對偏旁名稱有較完整的體系（罕見部首除外）。通常只是表達偏旁的外觀，並不一定符合造字原理。

「看來應該是因為記錯部首的緣故吧？」
「對。所以面對不好記憶的國字時，請用諧音的方式去記憶吧。」
「咦？用諧音記憶？可是唸書可以這麼做嗎？」
我一臉茫然地反問。
因為川熊老師常說：「拿出毅力！反覆記憶，讓身體記下來！」。
「唸書不就是要用快樂的方法才會更有效果嗎？只要讓自己對理論和知識產生興趣，身體就可以自然記下來。」
「快樂的方法才會更有效果……？」
聽了小詞的說法後，我感到很意外。
雖然不喜歡唸書，我畢竟也很清楚這是學生的責任。
雖然唸書不有趣，但也是必須努力完成的事，我一直都是這麼認為。
但是……把唸書變快樂，這種事真的有辦法嗎？
用諧音來記，真的可以用在唸書上嗎？
就這樣，我呆看著小詞。
「那麼，我要開始傳授我自己是如何記憶成績的『績』……」

小詞輕咳一下，清了清自己的喉嚨。

突然間。

「提昇成績實在有夠麻煩的～！」

他這麼大聲吼道。

「……咦？」

那一瞬間，我整個人目瞪口呆。

看到我的怪表情，小詞笑了出來。

「呵呵，那我要開始說明囉。」

小詞將練習簿翻到空白的一頁，然後寫上「積」和「績」兩個字。

「我們先看右側的『責』字，上面的部分是尖刺，下面的貝則是財產的意思。這個國字的涵義是負責集中獲取稅金、錢財等財產的意思。」

「為什麼貝殼是財產呢？」

「這是因為古代中國是以貝殼作為交易工具。」

喔！原來是這樣啊！

尖刺和金錢啊……

尖刺讓我聯想起跟別人借錢時，對方一臉兇巴巴的樣子。

「我們再來看看左邊的部首。『糸』代表『纖維、布料』；『禾』則是代表『穀物結成的稻穗』。因此，獲取穀物就是『積』；獲取織物就是『績』。」

「這麼說來，這兩個國字都有繳稅的意思囉？」

「沒錯。順著這個想法，掌握部首所表達的印象，是不是就能看懂文字整體的意義呢？部首是禾的『積』是將很多米集中起來，所以有『堆積』這個詞。至於部首是糸的『績』，就是集中絲線，製成柔軟的布。」

糸和布有關；禾和米、穀物有關。

當我這麼思考後，我也開始牢記這兩個字的差別。

「好了，那我現在要說明剛才說的『提昇成績實在有夠麻煩的〜！』。」

哇，我等很久了！

甚至忍不住湊向前等著聽解釋。

我非常在意穩重的小詞居然突然大喊那句話。

那句話，到底有什麼意義啊！

「……重點就是諧音。」

諧音？

「『麻煩』的『麻』，是做成『絲線』的一種材料，這些『絲線』集中起來就是偏旁的『糸』字。」

「哈哈哈，原來是這樣啊！」

沒想到是諧音啊。

「提昇成績實在有夠麻煩的～！」嗎？

呵呵，好有趣喔。

「當妳覺得『好有趣！』後，就能快樂地記憶知識，也就能牢記下來了。這樣妳的成績絕對能像『績』這個字的涵義一樣，不斷集中獲得，也就能達成學生該負的責任了。」

小詞的表情看起來很高興，還把鉛筆遞給我。

「我們現在一起講出那句話，並且同時把它寫出來吧。」

小詞站起來走到我身後，將他的手握住我正拿著鉛筆的右手。

「咦？」

現……現在是什麼情形!?

太靠近了吧！手都碰在一起了！

而且還是從後面環抱的姿勢！

還能聞到一股香香的味道～～～！

「小圓，我們要開始囉。」

糟糕！我的心噗通噗通地跳！

我全身僵硬，只能默默點頭回應。

先深呼吸，然後把筆尖放在練習簿上。

先寫出糸。

再寫出尖刺，接著就是代表金錢的貝……

「提昇成績實在有夠麻煩的～！」

我們兩人一起喊出這句話。

說完後，彼此面對面哈哈大笑了起來。

跟小詞一起唸書，隨著時間的進行也越來越順利。

吃晚飯時，還與小歷、小理一起為其他國字想出諧音口號。
這樣真的算是在「唸書」嗎？我本來很在意這件事。
不過，這種唸書方式，真的讓我很快樂。

晚上結束唸書時間，我開始收拾練習簿。
「現在妳是不是已經喜歡上『國語』了？」
小詞忽然盯著我看。
（咦!?）
「是……是在說國語科吧！不是國語同學，是國語科……」
小詞的笑容帶著一種捉弄人的感覺。
像是故意在糗我一樣。
滿臉通紅的我，臉頰好像正在著火，不禁低頭看著手上的練習簿。
「雖然還是不怎麼樣……但總覺得變得有點……有趣了……吧？」
聽完我這麼說，小詞的雙眼變得更加閃耀，滿溢著笑容。
「太好了，真開心。」

噗通。

這個笑容實在太完美了，甚至讓我心動了起來。

真不可思議。

昨天晚上我明明哀號著倒進床上昏睡。

今天卻是心臟不斷噗通噗通跳著，與男孩們一起討論記憶國字的方法。

同樣是「唸書」，卻有天壤之別。

如果是這種唸書方式，就算要我每天課後加強，我也不會覺得討厭！

9【星期四・社會】不小心約好的約會!?

「無論如何，總算度過兩天了……！」

星期四早上。

在自己的學校座位上，我扳著手指，數剩下的課後加強日。

四個科目裡，有兩個科目已經結束，今天就是整個課後加強計畫的中繼點了。

再算進星期六和星期日，課後加強日只剩下四天。

也許，還得再撐一段時間，才能度過這些日子。

（今天要加強的科目，我記得是……）

呀！

這時，走廊那頭傳來女孩們興奮的尖叫聲。

我猛然回頭一看。

「哈囉，小圓，我來找妳了。」

小歷竟然笑著對我揮手!?

……啊，千萬不要誤會了。

基本上，小歷對所有女孩都是這種態度。

我從座位上站了起來，小歷用大拇指比了比走廊方向。

一頭霧水的我，跟著小歷，一起走到走廊的角落。

「怎麼了嗎？」

「咦～～難道一定要有事才能找妳嗎？」

小歷嘟著嘴。

「還不是因為只有小計能跟妳同班，我也很想跟小圓傳紙條、借橡皮擦呀！」

「咦？哪有，我才沒有做這種事。」

「是喔？那未免太可惜了！要是身邊有像妳這樣的女生近距離跟我一起上課，那肯定是學校生活中最棒的時刻。」

只有小歷才會這麼想啦……

「對了，小圓。」

「嗯？」

我回應的瞬間，小歷突然靠近我。

在我耳邊悄悄地說：

「今天放學後，想不想跟我約會？」

「咦？」

「我們在車站前見喔。」

望著說完話就走掉的小歷，我慌忙地回答：

「等一下！唸書的事怎麼辦？」

「沒關係沒關係。不過，如果妳沒去車站找我，我可是會很難過喔～！」

話一說完，小歷揮了揮手，回到自己的教室。

放學後。

我照小歷說的，來到車站前。

約好碰面的地方，已經看到他在那邊等著。

他的外型就像是模特兒般好看，穿著打扮也很有型。

與男孩約在外頭碰面這種事，還是我的人生第一次呢。而且竟然是這麼帥的男孩在等我……

我要怎麼出聲打招呼呢？好緊張喔。

我開始覺得心慌。

「喔，小圓！我在這裡！」

小歷發現我後，對著我揮了揮手。

「太好了，要是小圓爽約，我真的會崩潰喔。」

他一如往常露出親切的笑容。

雖然這樣讓我有點心跳加速，但千萬不能被他的甜言蜜語所迷惑。

反正如果我不理他，他也會跑去搭訕其他女生的。

「為什麼要在車站前集合？我們先回家再一起過來不就好了？」

我一問完，小歷開朗地笑著，並把手伸過來。

「因為如果那些傢伙在，我應該就不能光明正大地跟妳牽手了。」

咦!?

我嚇了一跳，馬上把雙手藏到背後，警戒著。

「無論如何，都不能牽手！」

「嘖，不讓我牽啊～～」

小歷噘起嘴抱怨，接著說道：「好吧，我們走吧。」，便往前走去。

接著，我們來到車站前的超市。

「買東西嗎？」

「對。小梅託我買東西，我們要買晚餐的食材。」

「咦？那你是幫外婆跑腿囉？」

「只要是女士需要幫忙，我就絕對不會拒絕的。」
小歷輕盈地拿起籃子，走進超市。
看來小歷已經完全跟外婆混熟了呢。
他們兩個人還會一邊看時代劇，一邊熱烈討論歷史典故。
嗯，當然這也是因為小歷的個性比較像大人吧。比起跟同學聊天，或許跟長輩更有話聊。
「我們先去拿青椒吧。」
「好。」
小歷負責拿籃子，我則先到蔬菜區拿青椒。
這根本就是很平常的購物行程嘛。
（嗯～青椒……找到了！）
「咦？這邊和另一邊的包裝圖案不一樣。為什麼呢？」
兩個……應該都是五顆包裝吧？
可是一個包裝上有太陽的標誌，另一個則是印著青椒人物圖樣。
「啊，你發現了不錯的重點呢。那順便考考妳：這兩袋青椒除了包裝圖案外，還有哪些地方不一樣，又代表什麼意思？」

「嗯～」小歷問完，我手扶著下巴開始思考。

從外觀上來看，兩邊的青椒差別並不大。

大小也一樣……

仔細一看，我注意到圖案上方印刷的文字。

「啊，我知道了！一邊是『宮崎縣生產』，另一邊是『茨城縣生產』！」

「答對了！」

小歷對我豎起大拇指。

「就算是相同價格的同一種蔬菜，產地也可能不一樣。」

「喔！我不知道呢！」

以往買東西時，除了價格以外，都不會太注意這些事。

我點著頭，看向其他商品。

番茄是熊本縣產；高麗菜是愛知縣產；蘋果是青森縣產。

不只蔬菜和水果，其他像是魚肉和其他肉類，都清楚註明著產地。

「好棒喔。這間超市有賣來自全國各地的食材耶！」

這麼一想，再稀鬆平常也不過的超市，感覺突然變得有點不一樣了。

那邊的番茄應該是照著熊本縣的陽光才會長成那樣吧？

那邊的白米也是吹著新潟縣的徐風而成長的吧？

就這樣，並排著的農作物襯托的各地風景似乎近在眼前。

（哇～！總覺得自己好像身在機場裡的航廈！）

我還是第一次像這樣，只是跑腿買東西，心情就這麼雀躍！

「我想順便去書店看看，小圓妳知道在哪裡嗎？」

結完帳，走出超市後，小歷這麼說道。

說到書店……現在終於要去買課後加強用的參考書了吧？

嗯，即使是小歷也會在意自己的壽命吧，還是不能這樣都不唸書就結束一天啊。

「往那邊走好像有一間書店。但那間書店應該沒什麼參考書……」

「沒關係！我只是想看看旅遊書。無所謂的。」

「咦？旅遊？」

為什麼？

「男女之間的感情要變好，最棒的方法就是一起去旅行吧？為了提早準備，所以我要先看看旅遊書！」
我聽完，差點昏倒。
唉～！也未免太輕浮了吧！
我傻眼地跟著他一起到書店中擺放旅遊書的位置。
小歷開心地翻閱著旅遊書，我則是在旁邊隨便拿起書來翻看。
（啊，這個風景真漂亮！）
眼前看到的照片，是一望無際的花海。
就像我常常幻想的「森林茶會」那樣，簡直幾乎一模一樣嘛！
發現這樣的景象是現實中真正存在的地方，也能幫助豐富我的幻想世界呢～！
「喔？妳想去這個地方嗎？」
小歷突然湊過來看。
「呃，與其說想去……不如說是很像我常幻想的風景。」
「幻想啊！聽起來不錯耶。告訴我！」
小歷一臉興致勃勃的模樣。
又讓我不知所措了起來。

「可是……那只是我的幻想，你就算聽了，也不會覺得好玩吧……」

「是嗎？我自己也常常幻想啊。例如：武田信玄要是沒有生病，現在這個世界不知道會變成什麼樣子！」

「咦？信玄？」

雖然聽不太懂，但聽起來小歷認識的人還真多啊。

「告訴我嘛！說說妳的幻想世界吧！」

拒絕不了小歷的拜託，只好說出幻想裡的森林好朋友。

小歷一臉興趣十足的模樣，一邊聽著，一邊不停點頭回應。

「還有啊，狐狸是個很愛吃東西的美食家，不管是肉、魚、蔬菜都很喜歡吃。」

「真的嗎？難道這隻狐狸來自北海道嗎？」

「咦？」

來自？

是這樣嗎？我從來沒有想過。

小歷開始說個不停。

「因為，北海道不是只生產馬鈴薯和洋蔥，畜產和水產的產量也是全日本第一！就連稻米的收穫量也是第二名，所以，北海道可以說是有很多好吃東西的超級美食之都喔。」

「喔～是這樣啊！」

呵呵！說不定狐狸真的像小歷說的一樣，是北海道出身的北國狐狸呢！

對了！下次幫動物好朋友們想出符合身分的出生背景，也許幻想時會更快樂吧？

我把隨身筆記本拿出來，記下剛才提到的事。

「……不過，為什麼北海道會有這麼多食物呢？」

「妳只要看看地圖，就能知道這個問題的答案了！」

小歷開心地從書架上拿起書，翻了開來。

書本攤開後，上面畫著一張日本地圖。

「妳知道北海道在哪裡嗎？」

「嗯……我不太會看地圖……」

「那我考妳一下，請妳按照提示，指出北海道的位置！」

咦？又要考我？

好沒信心喔……

「提示一，北海道的漁獲量是全日本第一，所以靠海的地方很多。」

靠海的地方很多？

我歪著頭，盯著地圖看。

但話說回來，全日本不是都靠海嗎……？

「提示二，要種植那麼多白米、蔬菜以及飼養牛隻的牧草，就要有廣大的土地。試著從簡單的方向去思考吧。」

從簡單的方向思考……

這樣的話我就不要想太多，挑最大的地方就可以了吧？

「……是這裡，吧？」

我沒自信地指著。

小歷笑著露出雪白的牙齒。

「答對了！北海道土地最廣大，四周全都是海。所以，才能生產出許許多多美味的食材。」

太好了，我猜對了！

雖然給了兩個提示，但能答對，真的讓人很開心呢。

我雀躍地抬頭看著小歷。

「小歷，我想幫其他動物朋友設定出身地，可以跟你討論嗎？」
「當然可以！包在我身上！」
小歷豎起大拇指。
接著，我們兩個人一起思考動物們的出身地。開心地一邊討論，一邊看著地圖想像故事內容。
我幾乎沒有像這樣把幻想告訴別人的經驗，感覺真特別。
總覺得……好快樂喔！
「我問妳喔，這次社會科的課後加強時間很開心吧？」
「咦？」
小歷忽然這樣對我說。

我睜大眼睛，看著他。

課後加強？

今天好像還沒開始課後加強吧……？

我歪著頭，小歷呵呵地微笑說：

「那，我出個問題好了。剛才我們想好了兔子的出身地，是哪裡呢？」

「呃，兔子是和歌山縣出身，而且她是溫柔又知性的美肌女孩。」

「為什麼兔子是美肌女孩呢？」

「因為和歌山縣盛產橘子啊。吃橘子就可以攝取到很多維生素C，對皮膚很好喔！」

小歷笑著拿出一本書。

書名是《五年級社會考題徹底攻略》

「妳看。」他翻了翻那本書，到了某個頁面就停了下來並遞給我。

『我們的生活與糧食生產』

大大的標題下，有一個表格。

水果的生產量……？

「啊，上面寫橘子產量最高的是和歌山縣！」

「這是日本五年級上學期的考題範圍。只要把這邊都記起來，保證妳的實力測驗可以拿到高分！」

「咦！真的嗎!?」

好厲害喔！

只不過是一起去買東西，一起討論幻想中的設定，就能在不知不覺間學習社會科的考試內容！

我不可置信地看著剛剛記下來的幻想筆記。

「所謂的社會科，就是指這個世界的種種事物。在每天自在生活的巷弄中，有許多可以學習的知識。抱持著興趣來觀察與只當作一般景色看過就忘，兩種態度就會讓社會科成績截然不同。」

小歷露出得意的笑容。

感覺他忽然變得很可靠了呢。

「小歷，你真的很像是真正的家教老師。」

「哈哈哈！基本上，我就是這個身分啊。」

小歷露出惡作劇般的笑容。

「偶爾也想給妳看看我帥氣的樣子嘛。畢竟妳認為我只是一個長得好看一點的帥哥而已吧？」

「呃，沒有啦……」

不過，這確實無法反駁。

在我回答不出話時，小歷賊笑著用手遮住嘴巴。

「順道一提～妳覺得我像動物好朋友裡的哪一個呢？」

他突然問道。

我在腦中想著動物們的模樣，思考著。

嗯……

「應該是……狐狸吧？」

「喔！這個不錯！」

小歷開心地彈了一下手指。

忽然間——小歷摟住我的腰，把我拉了過去。

「狐狸可是頭腦很好的肉食性動物，要是妳太大意……」

他輕聲細語地說著，並且露出不懷好意的笑容。

嚇！

「喂……喂！不要在店裡胡鬧！」

我急忙掙脫開來，快步走出去。

「對不起嘛～妳不要生氣啦～」

身後傳來輕浮的叫喚聲。

但是我絕對不要回頭看他！

因為……我現在面紅耳赤。

小歷馬上就追上我，一臉裝熟地笑著跟我搭話。

「那回家吧。我們還可以討論將來一起去新婚旅行的計畫！」

「才……才不跟你計畫！」

我還是一如往常地拒絕他。

「……這樣嗎？畢竟將來的事情，都還不知道。」

咦？

居然出乎意料地落寞回答，我急忙轉頭看他。

「那……那個。」

「好了，我們趕快回家吃飯吧！」

小歷馬上又露出那張跟女生搭訕時的笑臉。

（……是我想太多了嗎？）

我們一邊聊著森林好朋友的種種，一邊快步走回家。

10 【星期五‧自然】Let't go picnic！

星期五。

地獄唸書週，針對各學科的課後加強，終於來到了最後一天。

我從學校回到家裡，就先確認小計做的課程表。

最後一天是，自然！

也就是說，這次的家教是小理。

我四處尋找小理的身影——不知為何，竟然看到他在廚房。

「小理？」

我出聲叫他，回過頭來的他……。

在電子鍋前……是在捏飯糰嗎？

「野餐。」

「咦？」

「我們等一下去後山吧。」

小理的嘴邊黏著飯粒，笑著這麼說。

「去之前，當然要先做便當呀。」

小理說完，我也開始幫忙做便當了。

雖然我偶爾也會幫忙外婆做料理，但還沒有到很擅長的程度。而小理則看起來興致勃勃地開心做著料理。

「料理是一門科學。隨著調理方式不同，食材的味道、顏色、外觀都會有不同的變化。這點跟自然科的實驗一樣喔。」

穿著實驗白袍的小理雙手始終沒停過，俐落地把蛋打進碗裡。他那身白袍裝扮，其他人看了也許會真的以為他在做自然實驗。

（但話說回來，要去野餐……那唸書呢？）

忽然間，有一顆柿子出現在我面前。

「咦……？柿子？」

「能幫我切成兩半嗎？」

小理一邊靈巧地用刨刀削果皮，一邊問我。

如果只是這種小事，我倒是可以幫忙。

捲起袖子，我握著菜刀。

「我切囉。」

滋噗！

水亮多汁的切面呈現出來，廚房也飄散著一股甜甜的香氣。

柿子完美地被我切開。

話說完，卻發現小理睜大雙眼，一臉驚訝。

「切好了，小理。」

「圓……圓圓……好狂野！」

咦……咦？是不是我的動作太誇張了？

小理嚇得都停止了手上的動作，而在他肩膀上的小龍則是伸出舌頭舔了舔嘴巴。

就這樣，總算是把裝著玉子燒、飯糰，以及當作甜點的蘋果、柿子的便當完成了。

我和小理（還有小龍），在傍晚時分出發去野餐了。
目的地是學校後面的小山坡。
那裡有著一望無際的景色，也可以看得到小鎮。
（話說回來，有多久沒有野餐了？）
小時候，我也曾經跟外婆、媽媽三個人一起來這裡，那次是最後一次吧。
我記得當時也有做便當……
一想到這些回憶，心裡不自覺又開始覺得傷感。我馬上搖了搖頭，甩掉這樣的想法。
（不行不行！今天我是跟小理一起來這裡！）
停止這樣的心情，我默默地爬上平緩的坡道。

大概走了二十分鐘，終於到達山頂。
我們到瞭望區的長椅坐下，接著就是便當時間。
飯糰和玉子燒都很好吃，一下子就吃光了。
最後是飯後甜點的蘋果和柿子！
打開裝蘋果的餐盒後，「嗯？」我一臉狐疑。

「為什麼這邊的蘋果是咖啡色，另一邊卻維持新鮮的黃色呢？」

裝進餐盒裡的蘋果有兩個，各放在裡面的左右兩邊，一顆顏色變成咖啡色，但另一顆還是漂亮的黃色。

看到一臉狐疑的我，小理笑瞇瞇地回答：

「其實是因為我在這邊的蘋果切面上塗鹽水而已。」

「鹽水？」

為什麼？

「蘋果接觸空氣後，其中的成分會產生化學反應，果肉就會變成咖啡色。在化學領域上叫作『氧化反應』。不過，只要用鹽水和檸檬汁輕塗表面，就能防止這種現象。是不是很有趣啊。」

嗯～～～。

就算說這是「化學反應」，我還是聽不太懂……

看著我目瞪口呆的表情，小理噗哧笑了出來。

「好，接下來換這個。」

小理把裝著柿子的容器打開。

「妳看。柿子連種子也被切成一半。」

我照著他說的，看了看餐盒，柿子裡嵌著兩個切口整齊的種子。

「真的耶。雖然水果很好吃，不過種子處理起來很麻煩……」

我正打算把種子拿掉時，小理卻阻止了我。

「等等。我們就用這個種子來上課吧。」

上課？用種子？

我狐疑著，小理指著種子下方說：

「妳看看這裡，這是什麼？」

「咦？這是種子呀。」

「我是說種子裡，白色的部分。」

我試著盯著種子的切面，觀察著。

黑色的外殼塞著半透明的東西，正中間還有個湯匙狀的白色物體……

嗯～～學校好像教過這個……但我想不起來了。

「這個呀，是葉片。」

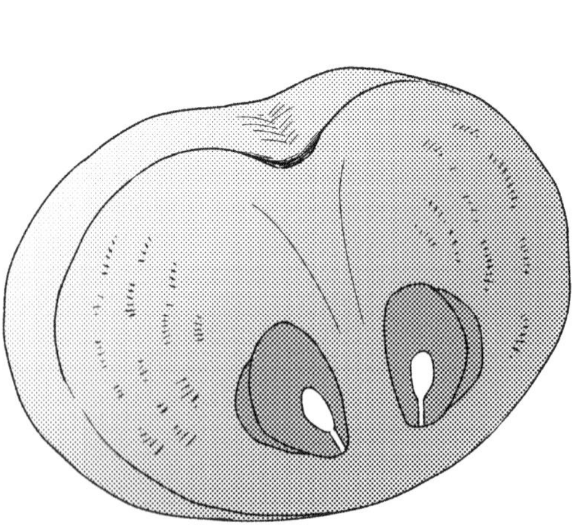

「咦!?這個是葉片?」

這麼說來，比起像湯匙，也許看起來真的比較像葉子！

「這是葉子的小孩，被稱為『子葉』。周圍透明的部分是『胚乳』，就是提供葉子的小孩長大的養分。就跟小寶寶喝母奶一樣。」

葉片的小寶寶，還有小寶寶喝的奶。

那麼，一直認為「妨礙吃東西」的種子，現在就像是一個保護小寶寶的搖籃。

「有了這個部位，植物就能從種子開始生長，並且存活下去……」

小理站起來，走到附近拿出兩朵花。

「這朵是從這顆樹的根部開花的，而這朵則是從什麼都沒有的草地綻放的，妳覺得這兩朵花的大小為什麼會不一樣?」

我看到的是兩朵黃色的花。大概是……酢漿草吧?

一朵看起來很沒有精神。

另一朵不但有精神，而且花瓣很大。

這樣，大概是……

「是不是太陽照得不夠的關係……?」

我小聲地說完，小理不斷點著頭，挑高眉毛看著我。

「嗯……要讓植物順利成長，水、空氣和陽光都是不可或缺的。還有，要避免太冷或太熱的環境，種植的土壤也要有營養讓植物吸收才行。在樹木根部開的花可能是因為日照不足，樹木吸收的營養也不夠，所以看起來，才會有一點沒精神吧？」

我滔滔不絕說著，小理的眼睛也睜得好大。

「你好棒！圓圓答對了，妳好瞭解植物喔。」

「嗯！因為小時候很喜歡花……」

話才說出口，就無法繼續說下去。

會喜歡花……也是受到媽媽的影響。

以前只要我答對路邊花草的名字，媽媽都會非常高興。

所以，小時候的我曾經很努力地去記……

總覺得心裡頭悶悶的。

就像身體裡有一團黑黑的東西產生……

「圓圓。」

聽到小理的叫喚聲。

當我把頭抬起來，

「嗚嘎。」

嘴裡好像被塞進了什麼。

……蘋果？

「這是獎勵喔，圓圓。」

這！這是……「嘴巴張開～啊～」的橋段嗎!?

（你…你不要用稀鬆平常的態度這樣對我啦～！）

我把脹紅著的臉轉開，嚼著蘋果。

咔滋。

那瞬間。

酸甜的蘋果果汁充滿口中。

「好好吃喔～！」

看到我大聲讚嘆蘋果的美味時，小理的雙眼也高

興得瞇成兩條線。

接著，我感覺自己的膝蓋有某種東西爬了上去。

（……？）

摸起來怪怪的。

好像硬硬的，又覺得軟軟的……？

當我的視線往下看，

「嗚哇!?」

我放聲大叫。

小龍爬到我的膝蓋上!?

「小……小理？這個……！」

「妳不用怕，小龍很乖的。」

小理只是笑嘻嘻地看著我們說話，但完全沒有把小龍帶走的意思，既然這樣，我是不是只能自己把小龍抓起來，還給小理……？

我害怕地把手指伸了過去……

摸。

「嗚哇啊啊！」

我伸手摸了一下，有一種粗糙堅硬的感覺。

還有，有點涼涼的。

噗通噗通……

仔細觀察後，我發現膝蓋上的小龍一動也不動。

（好……這次我要摸久一點。）

摸。摸。總覺得越摸越習慣。

知道小龍不會咬人也不會突然生氣，原本的不安也跟著消失了。

「……嘿咻！」

我一口氣把牠抱起來。

小心溫柔地抱著。

小龍維持平靜的姿勢，在我的手上靜靜地待著。

牠的身體又硬又軟，而且還涼涼的。

像是在發呆一樣，表情有點笨笨的。

「……呵呵，有點可愛耶。」

我不禁這麼說，小理馬上靠過來：「對吧？」。

「小龍一定也覺得圓圓很可愛。」

「咦？這……這樣嗎？」

「如果用『厭惡』的心情靠近動物，牠們也會有感覺的。但是用『喜歡』的心情樂於接納的話，動物也會開心地主動靠近妳喔。」

小理疼愛地摸著小龍的背部。

（用「厭惡」的心情，動物也會感受到……嗎？）

不只是動物，人類也一樣會有這種感受吧。

面對排斥自己的人，誰都很難用笑臉去溫柔對待吧。

但即使是這樣……

「我是不是對小計太過分了……」

我突然有這個想法。

因為我的表情和態度明顯表現出「最討厭數學」。

小計大概也是感覺到我的想法，才總是對我不滿吧。

「沒關係的。雖然小計看起來好像常常在生氣，但其實也沒有真的很生氣。」

小理一邊摸著小龍一邊說。

「是……這樣嗎？」

我也盯著小龍看。

直到剛才為止，我還覺得小龍「很可怕」。

但實際去摸摸看後，才發現一點也不像我想的那樣可怕。

現在完全沒問題了。

所以面對小計時……如果可以好好瞭解他，或許就不會那麼怕他了……

「可能吧。小計如果感覺到圓圓的和善態度，就不會那麼生氣了。」

「咦？」

我驚訝地抬起頭。

小理把剛才的黃花放在我的頭髮上。

並溫柔地撫摸著我的頭髮。

然後，他的雙眼忽然露出一絲落寞。

「或許……小計覺得很傷心吧？因為圓圓對我們來說，是這個世界上唯一的『主人』。」

我一聽，頓時覺得愧疚。

（說得沒錯……如果我是課本，要是也被主人拋棄，也會覺得傷心……）
小理對蹲著的我溫柔地拍拍頭。
「今天的課後加強就到此結束吧。圓圓很喜歡植物和動物，我認為妳的考試一定沒問題的。」
小理笑著站了起來。
（這個世界上唯一的『主人』嗎……？）
我用手指摸著頭上的花，心裡重複思考著小理的話。

回到家，已經過了晚上八點。
其他男孩都在客廳自由隨興地陪外婆一起看電視、看書。
不過，沒看到小計。
（等一下跟小計說點話吧……）
我一邊這麼想，一邊準備去浴室洗手。
咔恰。
「……」
門一打開，眼前出現的是光著上半身的小計。

「哇!?」

「妳……妳怎麼不敲門！這是基本禮儀吧！」

面紅耳赤的小計指責著正在尖叫的我。

「對不起！都是我不好！」

我慌忙地跑出去背對著浴室。

（哇～～～！嚇我一跳！）

因為突如其然的狀況，我的心臟迅速地跳動著。

還有，我又看到小計側腹部上的字……

忽然一陣心痛，雙手輕輕握著。

「有好好複習嗎？」

從半開的門縫裡，傳來小計的聲音。

「咦？還……還好啦……」

其實我幾乎沒有複習……

因為，每天一科讓我根本完全招架不住。

「小計……我有話想對你說……」

「想吃布丁的話，免談！」

「欸？」

「我現在還是不相信妳。我會根據明天的模擬考結果，星期日再做最後的課後加強，妳要有心理準備！」

小計自顧著說完後，用力關上門。

（氣……氣死我了！）

本來想要稍微讓步的……

算了！我不理他了啦！

11 模擬考就是惡夢的開始

星期六。

今天是驗收課後加強成果的日子。

學校的課上到中午，回家就要考模擬考。

（都說是模擬考了，那麼應該很難吧？要是不及格，小計八成又會碎碎唸……）

總覺得，從這天的第二堂課起，我的心情就變得有一點憂鬱？

在上數學課時……

「好，那第三題就由……花丸來寫寫看吧？」

「咦？啊……好……」

被老師點到後，我趕緊站起來回答。

黑板上寫著的問題①和②已經被其他同學解開了。

往旁邊看，就是老師要我解答的問題。

呃。

請計算下列問題，並且以小數回答問題。

問題③　$0.5 + \frac{3}{4}$

「……嗯。」

這……這是什麼啊!?

小數跟分數為什麼在一起!?

我腦裡的數字開始不停旋轉，拿著粉筆的手完全僵直。

不……不行，我完全看不懂……！

「喂，如果不會寫的話，就乖乖放棄吧——」

背後傳來班上男同學們的嘲笑聲。

「笨丸不圓當然不會寫！如果是資優生小優就一定會吧～？」

「別說了！你們。別這樣！」

小優生氣地站起來對班上男同學抗議，但他們卻哈哈大笑起來。
我心中滿是恥辱和不甘心，氣得滿臉通紅。
（……氣死我了。）
但是，我說不出口。
因為我現在解不出來，已經耽擱到上課時間了。
雖然那些話很過分，但我造成大家的困擾卻是事實……
（還是老實承認「我不會」吧……）
「……那個，老師。」
砰！
這時突然有人用力拍打桌子。
我嚇了一跳，回頭一看。
大家的視線盯著的人是——小計。
他氣勢洶洶地瞪著班上其他男同學。
「真讓人火大。」
他用低沉的聲音這麼說。

那些自以為是的人也安靜了下來，再也沒有口出惡言。

「你們全都安靜！還有，花丸也可以回座位了。」

我走回座位，偷瞄小計。

他還是一樣一臉不高興，直盯著黑板看。

（難道……他剛才是故意出聲幫助我？）

小計會這樣嗎？

我半信半疑地看著他的側臉。

雖然我認為他是一個急躁又粗魯的傢伙……

但說不定，他可能也有溫柔的一面……？

回到家後，終於來到模擬考的時間了。

「每科考試時間為二十分鐘，雖然是模擬考，但分數考得太誇張的話，妳自己也該知道會有什麼結果吧……？」

小計一邊對我施加壓力，掛在他身上的計時器也滴答作響。

嗚，我的胃已經開始痛了……

另外三個男孩看到我抱著肚子的模樣，試著鼓勵我。
「圓圓，沒問題的。」
「放輕鬆啦，用不著這麼緊張啊～」
「這次的考試重點不是考高分，而是看看妳現在還有什麼地方不懂喔。」
大家的溫柔話語，稍微減低了我的緊張感。
雖然小計還是老樣子，一臉事態嚴重的模樣。
「模擬考開始，請書寫。」
就這樣，我把鉛筆拿起來。
總之……就努力到最後一刻吧！
喝呀——！

「——時間到，請交卷。」
聽到小詞這麼說，我也迅速從床上起身。
寫完所有考卷後，我就癱倒在床上。

接著，男孩們開始批改各自負責的科目。

（嗚，雖然說是模擬考，但還是好緊張……）

我分別從他們四個人的手上，拿回考卷。

（不知道會考多少分？如果能考得比學校的考試成績還高就好了……）

噗通、噗通、噗通、噗通……

我不安地吞了吞口水。

「呀～！」

接著，我直接翻開答案卷。

國語……二十五分

自然……二十八分

社會……二十分

「太……太好了……！分數變高了！」

真沒想到，三科都超過二十分！

雖然在一般人眼中是超低分，但這可是我有生以來第一次的好成績！
真令人不敢相信，我不停地確認分數。
「大家好厲害喔……！你們真的好會教！」
「別這麼說，還是靠小圓自己努力，才能得到的成果。」
「努力得到的成果……？」
心中湧出一股動力。
我從來沒有過這種想法。
至今為止，不管多努力都沒辦法提昇成績。
我也因此認為自己一定是笨蛋，完全沒有唸書的天分。
就連我，說不定只要找到方法，也可以得到好成績……
「謝謝大家……！我沒想到自己可以考到這麼好的成績！」
「……喂，等一下。」
「圓圓很努力呢！真了不起。」
「嘿嘿嘿……」
感覺有點不好意思。

「喂，妳是不是忘了什麼？」
「呵呵～我早就知道小圓很有潛力了啦～」
「潛力？」
「就是潛在能力。意思就是小圓具備還沒有被發現的才能。」
「咦～？我才沒有什麼才能呢。呵呵呵。」
「喂！！！！！」
突然傳來一陣用力拍打桌子的聲音。
我看到小計整個人氣到頭髮直豎般地渾身發抖。
「你們這些傢伙！不要完全無視我的存在，自顧自聊天！」
小計用力地把數學答案卷翻到正面。
眼前的是令人震撼的分數……！
「二分！妳居然只考二分!?這是怎麼回事!?」
「嗚……你問我，我也……」
考卷像是吹起了一陣不得了的風暴。
殘酷的現實，讓我不由自主地轉頭裝傻。

（數學果然是我無法克服的科目……）

複習時，不管是哪個科目都是一天一科，由各科男孩擔任家教。

但是……我最不擅長的數學果然還是很難進步。

其實，可能就是因為解太多題目，讓我的數字過敏症更加惡化……頭腦在剛剛的考試時，一直保持放空狀態。

我整個人無精打采。

「如果考〇分……小計後天就會消失了。」

小詞小聲說著。

小歷和小理流下淚來。

「嗚……好難過喔～你明明是這麼好的人。」

「我不會忘記你的。」
他們三個人一起閉上眼，雙手合十。
那，我也一起合十吧……
「別這樣！太不吉利了！我才不會只留一個星期就消失呢！」
小計生氣地大吼著。
「本來覺得妳已經稍微振作起來了，沒想到程度差成這樣！可惡的笨丸不圓！妳簡直就是死神！」
太過分了吧！
居然說我是死神！
「你今天在課堂上幫我解圍，我才好不容易對你改觀！」
「……解圍？妳在說什麼？」
「在數學課，不知道怎麼解題時，你不是說『很火大』，幫我阻止大家的嘲笑嗎？」
「………？」
小計狐疑地靜靜想了一下。
忽然恍然大悟地看向我：

「那是因為，妳連最基本的題目都不會，我才在絕望跟憤怒之下，說出那句話。」

「咦!?」

也就是說，那句「很火大」是對我說的!?

本來我還覺得他這個人真好！結果卻浪費了我對他的善意！

「別再說這些了！我必須為星期日的複習日，安排更緊迫的課程表！你們都不可以阻止我！」

「更緊迫……？」

難道還有比那個課後加強地獄更加可怕的複習在等著我嗎……？

絕望之下，我用力雙手抱著頭。

「嗚哇——！」

明天也太讓人憂鬱了吧～～～!!

12 小圓逃跑了!?

接著，到了星期天。

最可怕的事情成真了。

「這……這是什麼……？」

吃完早餐後，回到房間，看到了讓我說不出話的景象。

小計回過頭看著我，眼神閃閃發亮。

「雖然不想承認，但現在已經無法保證讓妳考滿分了。所以這次挑重點練習，把目標放在考到五十分上！」

成堆的講義，把房間塞得密不通風了。

嗚嗚，我的頭已經開始痛了。

跟星期二的那堆講義相比，簡直是小巫見大巫。

「喂！快過來坐好！趕快解題目！」

「不……不要啊啊啊啊啊啊啊啊！」

……兩小時後。

「那個～……」

「怎麼了？」

「可……可不可以讓我休息一下……」

「妳太鬆懈了！再加寫二十張！」

砰。

小計毫不留情地追加一疊講義。

「唉……」

（……我到底要花多少時間寫這些東西……）

除了數字還是數字。

總覺得自己的大腦已經開始放空。

考試的時候也總是有這種感覺，

寫題目時因為什麼都不會，總是呆在那裡。

就在這種狀態下浪費更多時間，更沒有解題的餘裕。

也因為這樣，總是一團亂……

嗚嗚，不行了。開始覺得頭昏眼花……

（……咦？）

突然間，感覺自己的意識飄遠。

我為什麼非得這麼努力不可？

為什麼……

「我受夠了……」

我無意識地說出這句話。

「妳說什麼？」

「我已經受夠了——！」

啪咚！

我不管了。

我大叫著衝出房間，然後穿過玄關跑出屋外。

我已經不行了！

現在非逃不可！非逃不可！非逃不可！

「別逃走！」

「呀——！」

小計用非常快的速度追了上來！

「你不要跟過來啦～～～！」

我跑著，一心一意地跑。

我果然討厭數學。

我絕對……絕對不再學數學了！

滑！

「嗚哇!?」

沙沙——

腳一滑，整個人從河岸邊坡跌了下去。

鼻子滿滿的草地和泥土味。

「好痛……」

在我低頭用手拍掉膝蓋和屁股上的草時，看到兩條腿直挺挺地站在眼前。

小計正用瞇成三角形的眼睛，從上往下瞪著我。

「妳這麼想……害死我嗎!?」

小計聳肩大吼著。

看到他這張臉，我也開始火冒三丈。

「我……我不管啦！突然出現就逼我唸書！辦不到的事就是辦不到嘛！」

「為什麼妳就這麼確定自己一定辦不到？從妳開始學數學以來，也不過是四年又多一點點的時間。根本還沒打好基礎，又怎麼可以確定自己是不是真的不懂。」

「因為……因為我就是討厭嘛。」

我雙手握拳。

「就算真的學會數學也沒什麼用！反正我就是討厭數學！」

我大聲喊出這句話後，用力地喘著氣。

小計露出傷心的表情。

「……我很清楚妳很討厭數學。」

「我……我不是說討厭小計……」

雖然這麼開口說，卻又說不下去。

因為對小計來說，討厭數學這件事就等於是說討厭他。

畢竟，小計本身就是「數學課本」……

內心愧疚的我，默默低著頭。

「如果真的討厭數學的話，其實我也沒必要這樣逼妳。因為我也不想強迫別人。」

小計小聲地說。

「但是……那為什麼？為什麼妳還會那麼努力唸書呢？」

「咦……？」

我嚇了一跳。

抬起頭，發現小計認真地看著我。

「如果讀書態度隨便，不可能會讓我們注入靈魂。我們之所以會誕生，是因為妳珍惜課本的心意，和妳的母親擔心妳的心意產生共鳴而成的。」

咦？

心好痛。

「媽媽擔心我……？」

我的胸口就像是要迸裂開來，讓我忍不住緊咬自己的嘴唇。

「我很清楚妳曾經拚了命努力唸書，就是為了要考到好分數，才會這麼努力吧？」

（不要……別再說了……）

「所以我很想幫助妳。就在獲得這個身體而必須想辦法延長壽命之前，我就一直很想讓妳的努力有所回報。」

「你說我想要得到好分數，才會努力唸書……？」

我的聲音正顫抖著。

（不對……才不是這樣……）

內心深處藏著某種東西的蓋子不停轉動，蓋子鬆了開來。

我為什麼會努力唸書？這是因為……

我會這麼努力的原因是——！

「媽媽已經不在我身邊了！努力唸書對我來說，根本就沒意義了！」

鼻子有種刺痛感。

已經不在了。

努力唸書後被稱讚，能看到的那張溫柔笑臉。

那個摸著我的頭、溫暖的雙手。

已經不會再回來了。

「啊啊……我不要……！」

我的聲音顫抖著。

我本來不想再哭了。

不想再讓別人擔心。

我一直，

我一直忍耐著………！

「……小計你是笨蛋！笨蛋笨蛋笨蛋笨蛋！嗚哇啊啊啊啊！！」

我雙手抱著膝蓋，蜷曲在原地。

13 「我很需要妳！」

一個月前。

八月過到一半的某天下午。

那天我在客廳裡，把數學課本打開放在客廳矮桌上，努力和暑假作業戰鬥著。

媽媽已經出國三個星期了。

身為植物學家的媽媽，從以前開始就常常不在家。

最長必須一個月或兩個月在外工作不回家，也是很常見的情形。

而且去的地方通常是沒有網路的深山或只有原住民的村落，這段期間除了無法用電子郵件或電話聯絡，連寄信也沒辦法送達。

所以通常這個時候，我也不會在意自己長期沒有跟媽媽聯絡。

從我小時候開始，這種生活就是很理所當然的情形。只要稍微忍耐一下，媽媽就會拿著奇怪的木雕人偶和土產喊著「我回來囉」，出現在家裡。

媽媽回家後，我會把自己的考卷和課本裡上過課的筆記給她看。
就算考不及格，媽媽也會說：「下次就會有好成績！光是能這麼努力唸書就已經很棒了喔！」接著緊緊抱住我。
這次我原本想要告訴她：「我已經把暑假作業寫好了！」讓媽媽好好稱讚我。
——這時，家裡的電話響起。
那個聲音，我至今仍然無法忘記。
還有接起電話後，臉色發青的外婆。
「小圓……妳冷靜一點聽我說……」
隨著電風扇緩緩吹來的熱風，外婆說的話讓我呆住。
——媽媽在森林做調查時，被不明病毒感染而去世了。
這件事，一直讓我無法相信。
一切真的來得太突然。

「嗚嗚……嗚……」
在河岸邊嚎啕大哭幾分鐘後。

放聲大哭了一陣子，我哭累了。
眼睛和頭都開始覺得痛。
我稍微把埋在膝蓋裡的臉抬起來。
（……？）
最先進入視線的是，盤起坐在地上的雙腿。
距離很近。
（咦？什麼？）
我驚訝地再往更上方抬頭看——。

我和小計正對望著。
小計的表情與平時不一樣。
不是生氣、不耐煩，也不是傻眼的表情。
而是……一臉擔心的表情。

「……」

仔細一看，小計的眼神看起來像是不知所措般地游移不定。

「啊……」

「……」

「那個……」

他想要跟我說話，卻又放棄。就這樣欲言又止，重複了好幾次。

難道，在我大哭的時候，他一直維持這種狀態？

大哭的女孩跟同年齡的男孩待在一起，旁邊的人看了通常都會產生誤會的。

但他不在乎周遭的眼光，只是擔心著我的狀況。

（……我才不會感謝小計，明明就是他的不對。）

我用手擦了擦哭腫的雙眼，盯著小計看。

而小計則是皺著眉頭，抓了抓自己的頭。

說來真奇怪。

感覺心裡清爽了一點。

我先深呼吸，然後轉身看看周圍。

然後，我注意到附近有一棵特別的樹。

「這棵樹……」

我下意識地喃喃自語。

「這棵樹據說叫懸鈴木，花語是『天才』。我一直把它當作『媽媽樹』……」

說完，同時也因為想起往事而笑了出來。

「因為，媽媽真的很厲害！媽媽親手做的布丁，不管是分量和蒸的時間都很隨性，但吃起來的味道總是一樣！雖然媽媽做其他料理都不太好吃，可是做布丁是天才級的！」

因為媽媽很粗心，不但會打翻大碗，就連打蛋也會失敗。

一旁的外婆總是無奈地收拾殘局。

大家在廚房裡常常一團亂。

但即使如此，做出來的布丁好吃程度，可以說是完美呢。

「……那真的，很好吃。」

太懷念那段時光了，我的內心不由得又開始鬱悶了起來。

結果，眼眶又開始出現淚水。

「……原來如此啊。」

小計這時候表情忽然變得認真。

他站起來，走到離懸鈴木數公尺的位置停下來。
閉著一隻眼睛，拿出一個三角板在臉前比著。
接著，他在地上畫線，一直畫到樹木的根部。
然後，居然還抱著樹幹!?
（……他……他在做什麼？）
該不會是我說的話太過分，讓他崩潰了!?
我有點害怕地靠近小計。
「那……那個，小計……？」
「雖然只是大概計算一下，但這棵樹大約能做出八千個布丁。」
小計轉過頭來，認真地對我說。
我目瞪口呆地張大著嘴。
「……啊？」
「全長約15m，圓周約 1m。所以體積大約是120萬cm^3。」
……什麼？他在講什麼？
在我一臉困惑時，小計撿起樹枝，開始在地上計算。

「如果把這棵樹當作裝布丁的容器，那麼可以裝下八千個我們平時吃的150 ml分量大小的布丁。所以，如果一天吃掉十個，就可以整整吃上兩年。」

咦!?

一天吃十個布丁，而且還能吃兩年的分量!?

他這麼一說後，我開始覺得懸鈴木就像是一個巨大的布丁。

「哇～這樣很棒耶……」

「雖然持續兩年的時間，每天都吃十個布丁，應該會越吃越覺得噁心就是了。」

小計噗哧一聲苦笑著說。

「才沒這回事！布丁超棒的！只要吃一口就能忘掉所有不開心的事，整個人都會變得超幸福！」

我用力地強調，而小計只是回答一句「是嗎」。

「那……我們來做布丁吧。做出妳回憶裡的布丁。」

我不由自主地張大雙眼。

「要做出……媽媽的布丁嗎？」

小計點了點頭。

「不可能啦……我媽媽做布丁真的很隨性，而且也不知道媽媽做布丁的配方……」

「我當然不認為可以一次就重現一模一樣的味道。但這跟數學一樣，雖然會反覆計算錯誤，但如果最後計算正確，就是最後的結果。」

小計的眼神透露著堅定。

而我也開始被他的這種態度吸引。

「如果做一百次布丁，妳還會覺得可能性只有〇％嗎？」

「這麼說的話……」

「還沒開始動手，就不要輕易覺得自己辦不到。」

同時，小計伸出自己的手。

「什麼！」同時，我也嚇了一跳。

他的手……變透明了？

「小計，你的手怎麼會……？」

聽我這麼說，小計一臉嚴肅地反覆觀察自己的雙手。

「……原來如此，不是整個人突然不見，而是身體慢慢變透明。」

——小計要消失了。

這句話讓我不由得心頭一冷。

（對啊……小計他們還不是完全的人類，要是我不唸書，他們就會消失。）

「嗚嗚……」

鼻子深處又開始刺痛。

雖然我們好不容易能像現在這樣親近地相處，但小計他們總有一天還是會消失的。

因為，我再怎麼努力唸書還是考不好。

不管做什麼，到最後都會搞砸。

要我在以後的考試裡獲得好分數，絕對是不可能的事。

然後——我總有一天會因為這樣，變成孤單一人。

（不要，我不想再變成只剩自己一個人……）

沒有說出口的不安，沉甸甸地壓著我的胸口。

不要……我不要再只剩自己一個人……

「——好寂寞。」

內心裡的聲音，就這樣透露出來。

接著，我深呼吸。

我始終，沒把心中的想法說出來。

我始終，裝成沒事的樣子。

但是……

「我其實……一直都覺得很寂寞。雖然還好有外婆陪著我，讓我努力撐過這段日子。但是……我還是覺得沒有任何人可以取代媽媽。」

被轉開過一次的蓋子，已經無法再蓋回去了。

本來隱藏在內心深處的情緒，現在卻像是海浪般一波接一波地湧出。

這個世界上，只有唯一一個媽媽。

比誰都還關心我，比誰都為我感到高興，她是專屬於我的媽媽。

就算有別人關心我，都無法取代媽媽的位置。

不管是小優還是老師，都有自己的家人，只要時間一到，就會各自回到自己家裡。

所以……我其實很希望自己可以多跟媽媽相處。

我一直希望媽媽不要工作了，一直陪在我身旁。

雖然這種任性的話，我始終不敢說出口……但或許說一次也好吧。

如果那天我對媽媽說「不要走」，或許媽媽就不會被病毒感染了。
如果我可以更任性，變成不乖乖聽話用功唸書的壞小孩，或許媽媽就會一直陪在我身邊。
——所以，我才開始認為自己要是從一開始就不用功唸書，說不定會更好。

「……為什麼，我願意對小計講出這些話呢？」
感覺好不可思議。
本來我不想把這份壓抑在內心的情緒說出來，但這次面對小計卻可以順利地全部說出來。
我認真地看著小計的臉。

「小圓。」

突然間，小計叫了我的名字。
他第一次……叫我的名字。
「小圓至今為止，都是為了媽媽才努力唸書。」
這句話刺痛了我的心。

「……對啊。我為了想被媽媽稱讚、讓媽媽開心，才努力唸書。」
但是，現在已經……
我緊咬著牙，把頭低下。
「會因為妳努力唸書而感到高興的人，不是只有媽媽喔。」
咦？
我驚訝地抬起頭。
「其實我們……也會為妳感到開心。對妳努力唸書，珍惜課本的事感到真心地開心。」
「你們也會開心……？」
小計他們為我開心？
「對啊。不過，我們也常常看到妳考完試後難過的表情。所以我每次都覺得要是自己能直接教妳就好了。讓妳在努力後，能得到好成果，妳一定也會開心地笑吧？」
這些話敲動了我的心。
我從來沒有想過小計是這麼想的。
畢竟，他老是一副怒氣沖沖的模樣。還有生氣吼著：「妳要害死我啊！」
但是，小計其實從更久之前——就以課本的樣子，打從心底擔心我的狀況。

「我很想幫助妳考一百分。但是……只靠一、兩天的時間沒辦法達成。我很希望可以有更多的時間。但是以我自己的力量，卻無法控制身體壽命長短……」

小計盯著我，用他的雙眼。

「所以我非常需要妳！」

噗通。

這樣的衝擊，震撼著我。

同時，媽媽的聲音也在我的腦中響起。

那一天，幫我在課本上寫名字時，所講的那段話……

「為了將來會在妳面前說『我很需要妳』的人，現在努力唸書一定能派上用場。」

感覺身體的深處產生一股暖流，這股暖流甚至開始蔓延全身。

當時我不知道這句話有什麼意義。

因為我實在不認為努力唸書，可以對誰有什麼幫助。

但是……

我看著小計的臉。

雖然他粗魯又笨拙，但卻是為了我而生氣。

既然有人如此全心全意為我著想。

既然有人說很需要我……

「小計。」

聽到我叫他，

小計忽然睜大眼睛。

「剛……剛才妳可別誤會，這是因為攸關我的壽命才說的，我沒有別的意思。」

咦？

啊，難道是「我很需要妳」這句話嗎？

一想到這裡，我一陣臉紅。

「我……我知道啦！」

本來就沒有特別的意思，但這樣強調後，反而讓人更難為情。

「……」

「……」

我們兩個都紅起臉來。

真……真是的！拜託你說句話啊！

「那……那個——」

「小計，到此為止吧。」

我轉頭朝聲音的方向看過去，樹蔭底下有三個人陸續走出來。

「小詞!?」

「小計，你可別偷跑喔。」

「想說服淑女就要再有技巧一點，你剛才那樣，反而連看熱鬧的我們都覺得不好意思耶。」

小理和小歷的話，讓我更加臉紅。

難道……他們都聽到剛才的對話!?

「你們在的話，就早點出來啊！」

「嘿嘿。難得氣氛正好，我們也不想當電燈泡啊。」

「小計，你的臉紅通通的。這是因為害羞情緒讓臉部的血管擴張，因血液流量增加所導致的

『生理性臉紅』……」

「喂，少囉唆！你們才要先為偷聽的行為道歉！」

男孩們你一言我一語，非常熱鬧。

我的心情也因此放鬆，開始恍神。

「咦？」

突然小計握著我的手，想把我拉起來。

我也很自然地站了起來。

「好了，我們回家吧。」

噗通。

內心有一股溫暖的聲音響起。

「一起……回家……？」

「我們都是小圓的課本，當然要一起回家。」

小計若無其事地這樣說，然後一個人先走。

「一起回去吧。回到我們的家。」

「走吧，小圓。」

「圓圓，我們可以牽手嗎？」

小詞、小歷、小理一起笑著對我說。

這樣啊……

感覺真不可思議。

雖然他們不是我的家人。

而且也不是人類。

但是……這四個男孩要和我一起回到同一個家。

「嗯，我們回家吧！」

我笑著邁開腳步。

感覺身體像是長出翅膀般輕盈。

回家路上，我們五個人熱鬧地走著。

像這樣笑著回家，好像已經很久沒有過了。

14　手作布丁的味道

回到家後，我們馬上開始做起布丁。

小計以外的男孩聽了媽媽和布丁的事情後，都異口同聲地說：「我們也一起做吧。」

總之，還是先上網確認一下布丁的作法吧。

材料是雞蛋、砂糖和牛奶。

什麼嘛，原來只要這些就做得出來！

我開始準備材料和工具，男孩們也在旁邊七嘴八舌說個不停。

「小詞負責洗碗吧。」

「咦？為什麼我負責洗碗？我也可以一起烹調喔。」

「不行不行。小詞你的口味超怪的～～」

「請別隨便臆測。你們有什麼根據……等等，倒是說句話啊。」

小理和小歷直接走到烹調台旁，無視笑著的小詞。

真讓人意外啊。沒想到溫柔體貼又完美的小詞，有這樣的弱點！

「小計負責計算材料的用量，小歷負責調整口味，我和圓圓負責動手做布丁。」

小理做出清楚的指示。

真不愧是小理，畢竟他是將料理過程當作科學實驗的人。

也多虧了他，製作布丁的流程變得很順利。

把材料混合好後，再放進杯子裡。

我們五個人加上外婆，所以是六等分。

蒸熟後，再放進冰箱裡冷卻。

「啊……這麼說來，妳知道要如何六等分我們的大布丁嗎？」

忽然間，我開始想起來。

前陣子在幻想中，準備吃布丁時的問題，始終在我的心中。

「森林的動物們也要我把大大的水桶布丁平分成六等分。但我不知道該怎麼做，最後就沒有吃到布丁了。」

「布丁？動物？妳在說什麼？」

「小動物們從小就跟我很要好，是幻想裡的朋友。他們是貓咪、兔子、松鼠、狐狸、老鼠。」

小計露出不知道我在說什麼的茫然表情。

不過我並不在意地繼續說著關於做布丁的話題。

「菜刀沒辦法測出分量……但用數學知識應該可以分好吧？」

當我看向大家時。

小計忽然笑了出來。

可惡。

「你在笑我『連這麼簡單的事都不懂』嗎？反正我就是沒用。小計自己本來就知道有公式可以計算，當然馬上就能解決這個問題啊。」

「……不，我不是這個意思啦。」

小計搖搖頭。

然後又開始呵呵笑著。

「因為我第一次看到小圓對『數學』產生興趣嘛。」

小計露出開心的笑容。

瞇眼微笑的模樣，讓我心跳加速。

（奇……奇怪？怎麼有這種感覺……？）

小計居然也會有這種表情……

因為還要等布丁冷卻，所以我們就先回客廳等著，順便討論如何分成六等分的事。

小計先在筆記本上寫出算式。

「一般說的布丁就是所謂的『圓台體』。若要計算體積，其計算式為『$\pi \div 3 \times (r^1 \times r^1 + r^1 \times r^2 + r^2 \times r^2) \times$ 高』，然後再把得出來的數值，除以 6 就可以了。」

拍……櫥……山……？

「……喂，不要翻白眼啦。求圓台體體積不是五年級的學習範圍。現在聽不懂也沒關係。」

「就是說啊。沒學過的東西，當然會不知道嘛。」

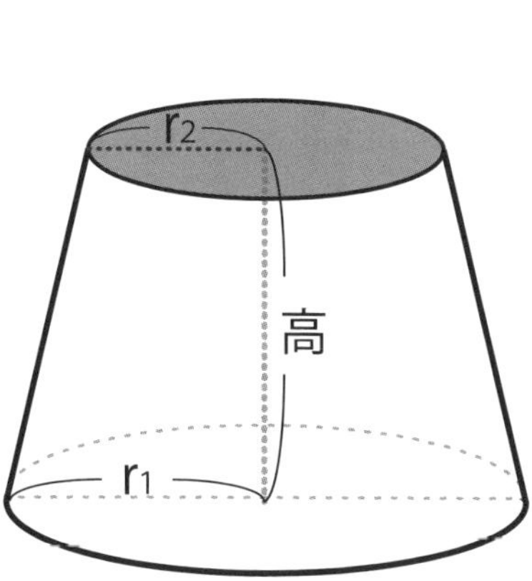

在小歷的安慰下，我稍微放輕鬆了一點。

「但這個問題最好別用公式解開。因為形狀不規則而難以測量的東西，很難精確計算出體積。」

「如果不計算體積還要分成六等分的話，就把布丁當作切蛋糕一樣切成『扇形』比較好吧。」

小詞用鉛筆畫出布丁的圖案。然後在布丁的圓頂上用線條劃分出扇形。

「但要正確切出扇形，也需要

想把布丁分為六等分時……

就像切蛋糕一樣，切成扇形吧！

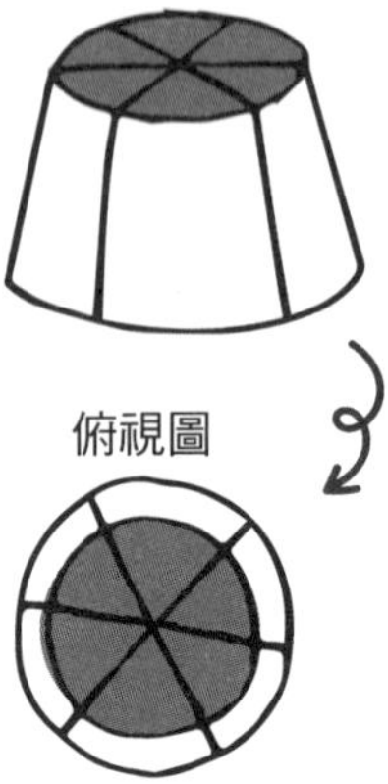
俯視圖

只要先確認好圓心位置，就能切出扇形！

想找出圓心時……

① 在圓形裡畫出兩條等長的平行線。

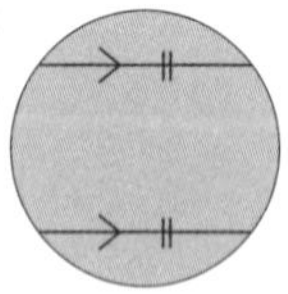

② 從線的兩端畫出與另一條線相交的對角線。

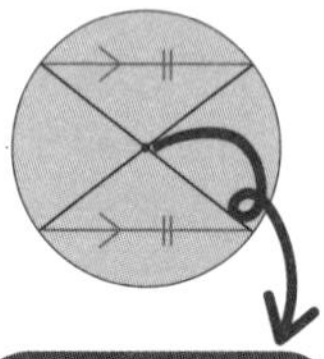

其中的交點就是圓形的中心。

精準找出這個圓的圓心……」

「要找出圓心，必須先在頂圓上，畫出兩條等長的平行線，接著在這兩條平行線的對角兩端，拉出相交的對角線。兩條線相交點就是圓心。」

小理在頂圓上畫了幾條線。

然後，這些線真的在正中央相交。

「真的耶，好厲害喔！」

「但這之後又要怎麼辦？雖然用記號可以找出圓心，但要分成六等分也不容易吧？」

「我們先找出扇形的『弧』，

將圓看成是正六邊形！

①通過圓心，把圓分成六等分扇形的『弧』，再將這個『弧』想成是直線……

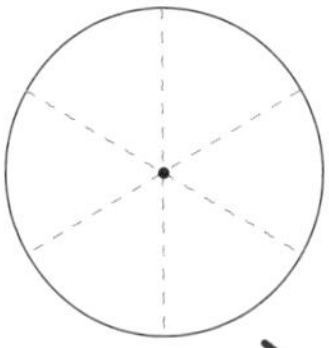

②圓的中央就出現一個正六邊形。

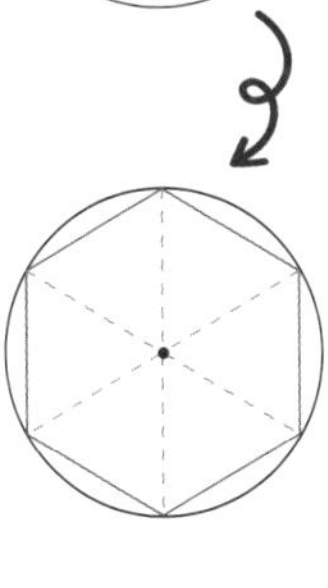

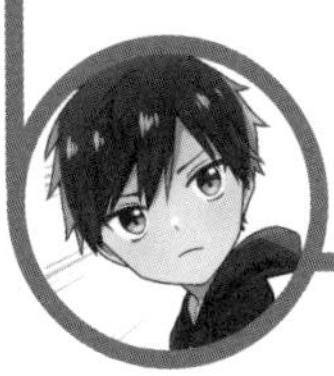

正六邊形的每個邊都等成！

①畫出六根與圓的半徑等長的火柴。

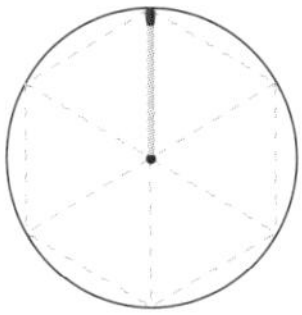

②正六邊形是由六個正三邊形所組成。由於正三邊形的三邊都等長，因此正六邊形的任何一邊都與火柴長度相同。

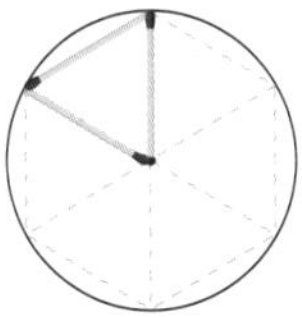

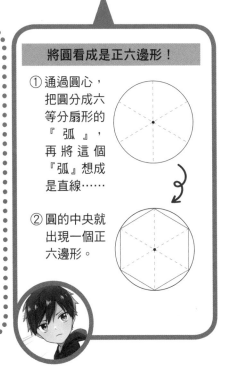

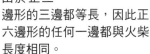

也就是先把圓形的邊以直線表現。現在利用這個直線，先畫出『正六邊形』就可以了。」

所謂的正六邊形……大概就是有六個邊的圖形吧？

「正六邊形很有趣喔！它是由六個正三邊形組成的。」

小理拿出六根細細的火柴，放在畫著布丁的紙上。

火柴剛好跟布丁頂圓的半徑一樣長。

「正三邊形的三邊等長，也就是說這邊、這邊還有這邊，都是相同長度！」

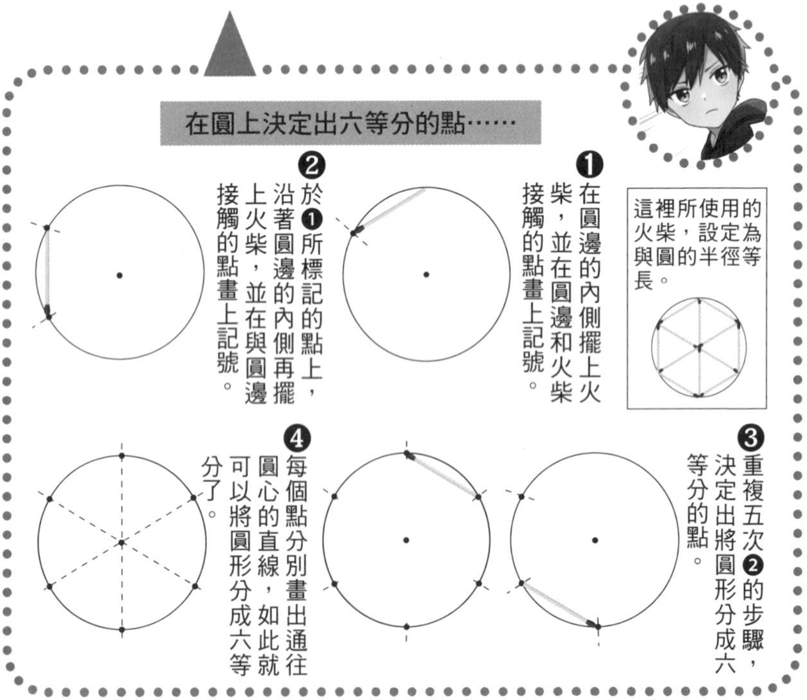

在圓上決定出六等分的點……
❶在圓邊的內側擺上火柴，並在圓邊和火柴接觸的點畫上記號。
這裡所使用的火柴，設定為與圓的半徑等長。
❷於❶所標記的點上，沿著圓邊的內側再擺上火柴，並在與圓邊接觸的點畫上記號。
❸重複五次❷的步驟，決定出將圓形分成六等分的點。
❹每個點分別畫出通往圓心的直線，如此就可以將圓形分成六等分了。

小理在正六邊形的一個邊擺上一根火柴，也在連接這個邊與圓心的圓半徑放上二根火柴，就完成正三邊形了。

「真的耶！這麼一來，只要擺出六個就可以了……！」

在我驚嘆的同時，小計看起來也高興，開始擺上其他火柴。

「正六邊形的每個邊都一樣長。像這樣在圓邊放上火柴，然後在圓邊和火柴相接的點畫一個記號。連續做六次就好了。」

隨著小計動手畫出記號，一個被確實平均分配出六個點的圓形出現了。

「再來就是從這個點開始，通過圓心並抵達對邊後直直切下去……」

「喔喔～!!」

我和小詞、小歷三人都不由得地探出身來。

好厲害！沒有用算式真的可以完美分出六等分呢！

「可是，我記得設定上是沒有菜刀吧？」

小歷說完，小計則是先哼地一聲。

「誰管得了這麼多。那是幻想世界吧？自己準備啦。」

「那麼，試試看用書本紙張快速切下去吧？」

「如果讓戰國時代的武將揮一次日本刀，就能完成了啦～～」

「討厭！那裡有原本的世界觀！是和平的動物森林啦！」

唉～～製作布丁的任務好不容易看到終點。

現在要如何切布丁的問題，又讓我整個人洩了氣。

「——既然如此，我們要不要做出一條線呢？」

小理這麼說。

線？

因為不太懂他的意思，我又開始歪著頭思考。

「植物能做出很直的線，不但可以代替測量工具，而且像布丁這麼軟的東西，只要用線壓下去就能切斷。要製作的話，也許可以用藤蔓植物的藤蔓，例如：牽牛花或小黃瓜之類的。」

「喔～～～！原來如此！」

這次是小計大聲說話。

而且還哈哈大笑了起來。

什麼啊，原來總是看起來什麼都很懂的小計，也會有第一次知道的事情。
這麼一想後，感覺上這群看起來什麼都懂、很厲害的男孩們，其實就像周遭的普通人一樣。

嗶嗶嗶嗶嗶
計時器的聲音了響起來。
「啊，應該是布丁做好了吧？」
「我去看看。」
小理走到廚房，接著就把完成的布丁端了出來。
輕柔又帶著甜甜的香氣。
好……好久不見的布丁……！我吞了吞口水。
我拿著湯匙的手，都開始發抖了。
「小計，這樣真的可以嗎？你不是說考完前禁止吃布丁嗎？」
「都是因為妳的關係，原本排好的課程也很難完成了吧。既然都已經有這樣的誤差了，就算我有好幾個身體硬撐，也沒辦法如願了。」

小計有點冷漠地說出這句話，不過接著又溫柔地笑了出來。

「吃完布丁就要開始唸書了，可以吧？」

「……嗯！」

這是大家一起做出來的布丁。

吃下的瞬間，我的眼淚不停流出來，心中滿是暖暖的幸福感受。

雖然跟媽媽的布丁味道有一點不同。

卻同樣美味。

15 原來這就是不及格的原因！

「現在我們的首要重點就是教好數學。」

布丁吃完後，大家坐在客廳的桌邊展開作戰會議。

小計以外的男孩們各自提出可以幫忙的方法。

「要我們大概瀏覽每個科目，從中找出彼此相互關聯的地方對吧？」

「或許我們的知識也能派上用場。」

「只要四個科目同心協力，就沒有什麼好怕的了～！」

聽他們這麼說，真的讓我信心大增。

而且他們三人以「重新設定唸書方式」的建議來說服小計，所以小計也答應「不再用講義地獄」逼我唸書。

「小圓常常計算錯誤，到底該怎麼辦才好……」

小計雙手環抱，皺起眉來。

這件事也是我一直以來煩惱的問題。

那是因為我很容易粗心大意，才會常常計算錯誤。

小計一臉苦惱地翻看我的數學筆記本，忽然間他「嗯？」地一聲。

「……等等。小圓試著唸一遍九九乘法表的第九段。」

「咦？」

被突如其來的要求嚇了一跳，被催著「趕快唸」。

呃。

「9×1＝9、9×2＝16、9×3＝21……」

「就……就是這裡……!!」

四個男孩像是看到鬼一樣突然大叫，全都僵住了。

「為什麼我沒有發現呢……！在指責她不懂小數之前，竟然沒有讓她先把最基本的乘法和加法重新學好……」

看得出小計的臉色很難看，簡直就像是氣到快爆炸了。

噫！他又生氣了～～！

我渾身發抖。

不過小計忽然緩緩吐了一口氣。

「……沒辦法了，我看還是教妳背乘法表第九段的密技吧。」

咦？密技？

我被句話嚇一跳，抬起頭來看著小計。

小計老是對我說「給我記起來！」、「叫妳解題就別囉嗦！」但這次卻說出這個詞。

（……小計也想慢慢改變自己。）

一想到這裡，我也開始產生衝勁。

我挺直身體，看著小計。

「請你教我密技！」

小計點著頭答應我：「好，沒問題。」

「把妳的兩個手掌張開，左手指頭依序，一邊背誦九九乘法表的第九段，一邊彎下手指。」

手指……？我疑惑地歪著頭，張開兩個手掌並且舉到眼前。

其他三個男孩也用疑惑的表情看著我的雙手。

「例如：剛剛唸錯的『9×3』，先將左手由左邊數來第三根手指彎下來。然後以彎下來的那根手指當作分界。從那裡往左數的手指數是十位數，往右數的手指數是個位數。」

咦？什麼意思？

我照他說的，彎下自己的手指頭。

以左手中指為分界，左邊的大拇指和食指加起來有二根。

右邊則總共有七根。

「二十…七……？」

9×3 的答案用手就可以答出來的密技

(1) 雙手張開，左手由左至右第三個手指下折。

(2) 以下折的手指為分界，左邊的手指數量為十位數，右邊的手指數量則是個位數。

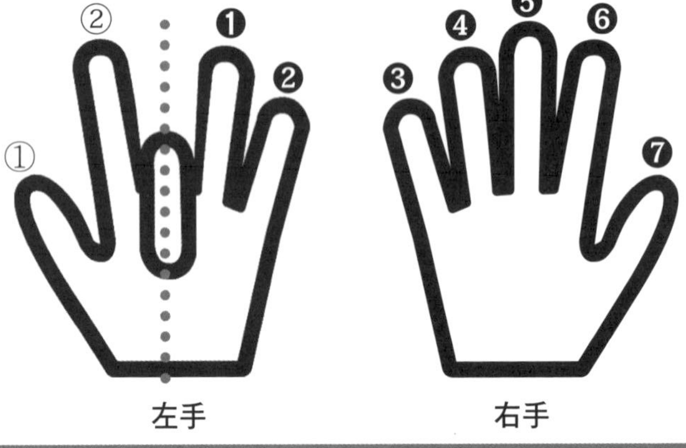

這樣跟9×3的正確答案一樣……？

「咦～？」真是不可置信。

接著，我馬上試著計算其他題目。

9×1 左邊0根，右邊9根＝9

9×4 左邊3根，右邊6根＝36

9×7 左邊6根，右邊3根＝63

「真……真的耶!?」

「而且九九乘法的第九段，每個答案的十位數和個位數加起來，一定都是『9』。只要把這點記下來，妳就可以確認自己的答案是否正確。像剛才妳說的『9×3＝21』，因為是『2＋1＝3』，而不是『9』，所以妳就會知道剛剛的答案是錯的。」

等一下等一下……

把十位數和個位數的數字加起來就好了？

0＋9＝9

3＋6＝9

6＋3＝9

「咦～～～！？真……真的耶！為什麼!?」

我睜大眼，不斷重複彎著自己的手指。

不管試多少次，計算出的答案都會出現9。

真不可思議，為什麼？

為什麼會發生這麼不可思議的事情呢……？

「妳會問為什麼、開始懂得這麼想，就表示妳有唸書的才能。」

小計這麼說。

「唸書的才能……？」

「會認真說出『為什麼？』的人，學習能力就有辦法成長。我可以保證。」

小計說話的口氣有些冷淡。

但是……這句話對我來說，是任何話都比不上的誇獎。

至今為止，不管我多努力唸書都沒辦法獲得好成績。

反觀我的好朋友小優都辦得到，我也在不自覺間拿自己與她相比。結果開始越來越沒有自信……也在不知不覺間打從心底認為自己「什麼事情都做不好」。

但這次，既然小計都這麼說了……，

——或許我真的有辦法考出好成績。

身體裡好像湧出一股衝勁，這種感覺真是不可思議。

「現在要確認妳是不是真的會了。妳不要用手掌數數字，靠筆計算吧。」

小計開始在筆記本裡寫計算題。

0.6 × 0.9

嗯……是小數……

一看到最不擅長的東西，我的身體自然就做出反應。

拿到鉛筆後，我先思考一下。

「將計算小數的方法想成基本的計算就可以了。計算時先不要管小數點的存在，之後再決定小數點的位置。」

所以，我先不管小數點就開始計算吧。

先把題目看成 6×9 就可以了。

雖然想用剛才學到的乘法密技……可是剛剛已經先說不准用手指數數字。

這讓我開始煩惱起來。

腦裡雖然想著雙手的樣子，但這樣很難去數幾根手指。

（……對了，小計不是說『靠鉛筆計算』嗎？我用鉛筆畫出兩隻手，再來算手指好了。這樣應該可以！）

我在紙張的角落畫出十根手指。

接著，我把從左邊數來第六隻手指塗黑，接著數著左邊和右邊的手指數量……！

「是54……吧？」

為了保險起見，我再把兩個位數加起來確認一下。

5＋4＝9，沒錯，應該沒問題！

「計算完畢後，就要決定小數點放在哪個位置。」

「知道小數點要放在哪裡嗎？」

「咦？好……好像有點怪怪的……」

老實說，我覺得小計看起來沒有生氣，是正經八百地看著我解題。

「先看看兩個相乘的數字，再判斷總共有幾個數字要放在小數點以下的位置。」

呃……0.6和0.9的話，放在小數點以下的數字是……

「是『6』和『9』計算後的數字吧？」

小計點點頭。

「這就是答案中小數點以下的數

0.6×0.9 的答案——要在哪個位置點下小數點？

(1) 先不要管小數點的存在，先計算出 6×9 的解答。

$$6 \times 9 = 54$$

(2) 數一下相乘的數字，數量有幾個，以此決定小數點以下有幾個數字。

$$0.\boxed{6} \times 0.\boxed{9} = ?$$

❶ ❷

(3) 以 (2) 的數字數量當作畫小山的次數，在 (1) 的解答右下角用線畫出跨越數字的弧線，最後在最左邊的山腳點出小數點。

小數點 → .54 ← 畫兩次跨過數字的小山。

字。妳在剛才算出來的數字右下角用筆從右往左畫出二次像小山一樣突起的弧線。然後在最左邊的山腳點出小數點。」

我照著小計的指示，在計算出來的54右下角，用線畫出兩個跳過數字的山。

然後最左邊再點下小數點……

現在54的最左邊出現一個空白。

這樣答案雖然變成「.54」，但這不太可能是正確答案……

「啊！我知道了！這邊的空白要寫上『0』！所以正確答案是**0.54**！」

「答對了！」

四個男孩就這樣一起大聲宣布。

我心中的感動情緒，簡直就要爆發了。

雖然有人在旁邊提示，但在很不擅長的數學題中，我這次終於可以正確解答出小數計算了！

「我成功了！謝謝！謝謝大家！」

我太高興了，不由得開始慶祝了起來！

解開數學題目而且還這麼開心，我還是第一次呢！

因為我從以前就很不擅長……

「小計，我告訴你喔。」

我直接面對著小計。

「我說過自己最討厭數學……現在我要向你道歉。」

小計瞬間一臉驚嚇地看著我。

但他馬上把頭甩到另一邊，不理我。

「逼得自己不得不對別人道歉，那一開始就別亂說不就得了。」

「對不起。」

「也不是啦……我沒放在心上啦。」

他露出側臉，一邊說著不太親切的話，一邊抓著自己的頭。

小理曾說過「小計雖然看起來在生氣，但其實並不是真的生氣」，這也許是真的。

他急躁又粗魯，而且愛欺負人又斤斤計較。

但是在我哭的時候，卻會靜靜地陪在我身邊。

現在也開始改變自己的作法，一步步教我數學。

然而，我卻對他很過分，總是講出很多傷人的話。

「雖然我還沒有很喜歡數學……而且本來就不擅長，也不可能突然變得很厲害……但我打從心底不希望小計消失，所以才這麼認真唸書。」

畢竟那時看到小計的雙手變透明。

雖然我對他們嘴上說的壽命和消失感到半信半疑。

但看到小計變成那樣，就代表我不能再逃避下去。

——因為唯一能幫助小計的人就是我！

我握著拳頭表示自己的決心。

「我不只想讓小計留下來，也希望小詞、小理、小歷今後也可以跟我一起生活。所以……明天的考試，我一定會全力以赴！」

我用認真的態度面對四個男孩。

也覺得自己全身都充滿著熾熱的拚勁。

（我果然……無法放棄唸書。）

因為我想跟大家一起生活。

所以再努力一下吧。

——對不對，媽媽。

那天夜裡。

我做了一個神奇的夢。

那是我平時幻想出來的世界。

在和森林裡的好朋友一起開茶會的桌邊——媽媽就坐在那裡。

「小圓。」

媽媽溫柔地呼喚著我。

但是我無法出聲回應媽媽，身體也動不了。

「媽媽有向神明許願喔。我希望『小圓能成為堅強獨立的孩子』。而神明也將生命賜給四個男孩……他們一定可以成為妳的助力。」

聽到媽媽說的話，我就像是被蓋上溫暖的毛毯，感到非常安心。

在之前夢到媽媽時，我都會大哭著醒來。但是今天這個夢很不可思議，我是在安穩的感受下遇見媽媽。

不知道是不是小計他們來到我身邊的關係……？

「今後妳或許還會遇到難過的事情。但是小圓肯定可以克服難關。因為『花丸圓就是一〇〇分』喔。」

媽媽微笑著看著我。

噗通。

突然沒辦法呼吸。

（——媽媽。）

我的心中如此吶喊著。

我好想再一次握住那雙充滿回憶的手。

雖然我想往前跑……但是雙腳卻一動也不能動。

「媽媽雖然無法陪在小圓身邊，但是會一直保佑小圓喔……」

媽媽的聲音突然遠離。

我的視線只見到白茫茫一片，無法看到媽媽的身影。

（媽媽！不要走！）

雖然心中拚命大喊，但媽媽的存在感已經在一瞬間消失。

——接著，就什麼東西都看不到了。

16 決定命運的實力測驗！

隔天早上。

「哎呀，小圓這麼早就起床啊。」

今天我比平時還要早一個小時起床，外婆驚訝地這麼說。

「嗯！因為早點起床，到了考試時間剛好可以讓頭腦保持清晰！」

「哎呀，那早餐可要好好吃飽喔，因為電視上也說大腦要補充營養，才能增加專注力。」

「這樣嗎？謝謝外婆！」

洗完臉穿好衣服後，我到客廳的桌旁瀏覽四個科目的筆記。

因為昨天男孩們告訴我，早上是複習功課最好的時機。

啊。雖然說是複習，但不用看太難的部分。

只需要把到昨天為止的課後加強內容唸出來就好。

只要複習五分鐘。這樣就能凝固記憶？這樣說嗎？

「呃……立方體的體積是長×寬×高……」

「早安啊～！小圓早上就開始自習，真了不起！」

我抬起頭，原來是男孩們陸續走進客廳。

「小圓早安。」

「早安。要是打擾到妳，儘管告訴我們沒關係喔。」

「大家早安！」

和他們打完招呼後，我忽然發現一件事。

「咦？小計呢……？」

說到這裡，我整個人開始害怕起來。

難道——他已經消失了！？

我急忙站起來。

「小計！」

「嗚哇!?」

剛要從客廳裡衝出去的瞬間，差點撞上突然出現的小計。

「怎麼了，一大早就這麼吵。」

小計不耐煩地盯著我。

太好了，他還沒有消失……!

（我這個人真是很冒失啊……）

為自己嘆了一口氣後，又回到客廳。

「各位，早餐已經做好囉～。可以過來幫忙準備端上桌嗎？」

「好～」

外婆說完後，我們開始準備吃早餐。

吃完早餐後，已經將近八點。

也到了出門上學的時間了。

——就是今天，終於要考實力測驗。

……也是小計可能會消失的日子。

「妳會緊張嗎？」

看到我一臉嚴肅，小理也擔心地看著我。

「是啊……如果我搞砸了，說不定小計真的會消失……」

小計的手比昨天還要透明。

拿學校的長袖上衣和大手套給他穿或許還能遮一下，但這樣又不能確認他是否正在消失，實在是左右為難啊。

（……怎麼辦。要是我連一題數學題都沒答對的話……）

不安跟壓力讓我開始垂頭喪氣。

啪。

有人用紅筆輕輕敲我的頭。

「要是妳考〇分的話，我會怨恨妳一生，做鬼也不放過妳。」

「別……別這樣。我會努力考試的……！」

嗚，害我更緊張了啦。

「欸欸小計，你別再讓小圓產生壓力了啦！」

「給小圓一點點壓力就夠了，這樣才能營造出狗跳出牆壁的感覺。」

「你是要說『狗急跳牆』吧？也就是把人比喻成狗，一旦被逼到絕路時，就能發揮出超越原本實力的成果……」

「適度的緊張感雖然不錯，但壓力太大會使專注力無法集中。不過好好利用動物也能讓心情放輕鬆喔。所以啊……」

「嗚哇!?」

小理突然把小龍遞給我，讓我嚇了一跳。

討厭～都不管別人的感受，老是這樣子……

「妳是不是比較不緊張了呢？」

「咦？」

微笑著的小詞這樣對我說。

啊……難道說……

為了不讓我緊張，他們才會故意表現出稀鬆平常的態度。

原來大家這麼體貼，現在已經讓我感受到滿滿的溫暖。

「其實我們有禮物要送給小圓。」

「禮物？」

我歪著頭。

「小計，當代表把禮物交給圓圓的責任就讓給你了。」

「這次表現要機靈一點啊～！」

「喂，別推我啦！」

大家把事情推給小計，硬是被推出來的小計也顯得有些慌張。

似乎是害羞吧？他的雙眉緊皺的樣子就像是在生氣。

然後他有些彆扭地直接把手伸出來。

「給妳。」

小計攤開來的手掌裡，有兩個橡皮擦。

其中一個是這幾天一直用，變得很小的橡皮擦。

而另一個是……潔白全新的橡皮擦。

「這是小圓付出努力的證明。我們相信妳的這份努力，所以將自己的生命託付給妳。」

小計把那個髒髒的橡皮擦放在我的手上。

「然後這個……是給妳在今天的考試上用的。」

接著遞過來的是，全新的橡皮擦。

這個橡皮擦比普通的還要更大一些。

我抬起頭來，發現小計正用堅定的眼神看著我。

「無論任何人，在考試中都只能靠自己。所以我們希望妳能更相信自己的實力。這星期六、日以來的課後加強，絕對可以幫助妳。」

「相信自己的實力……」

就像是要握住這句話一樣，我緊緊地握住橡皮擦。

這個橡皮擦傾注了大家對我的期望。

握在手裡都能感受到一股很實在的重量。

「聽好。發現寫錯時趕快重寫，不到最後關頭，別輕易放棄！」

「我知道了！」

我把兩個橡皮擦牢牢地握在手裡，並且點了點頭。

實力測驗的每個科目考試時間是二十分鐘，跟之前一樣。

自然、社會、國語三科考完後，最後的科目就是——數學。

「現在大家先把鉛筆放在桌上。等我說開始後，記得先寫上自己的名字！好，考試開始！」

隨著川熊老師一聲令下，大家同時打開問題卷。

（一開始要解的計算題是……）

是小數……而且還是昨天複習到的範圍！

② 0.8 × 9

（來了！九九乘法的第九段！）

我暗自慶幸，輕輕做了一個握拳動作，然後馬上回憶昨天的複習內容。

手掌計算法，還有個位數和十位數加起來等於「9」的驗算法。

使用這兩種方法計算後……

（我知道了！答案是「7.2」！）

接著，我把算出來的答案寫在答案卷上。

（很好……！沒什麼大問題！我能確實解開題目了！）

不管是下個問題還是下下個問題，我都沒出現困擾。

我一邊回想小計在課後加強時教我的內容，一邊努力解題。

每個題目都能一個接一個填到答案卷上。

本來我每次看到題目，就會突然恍神到幻想世界去。

但現在面對曾經解過的題目，還能因為曾經解出正確答案而感到更有信心。甚至在看到非常困難的題目時，連想都不想就能開始計算。

（這樣的話，就絕對不會考〇分……！）

「……呼。」

寫完最後一題後，我鬆了口氣。

我再看了一眼答案卷，忽然發現奇怪的地方。

（……咦？）

為什麼最後一個框框是空白的？

為什麼？好奇怪喔……

我疑惑地開始檢查剛才填好的答案和題目號碼……

噗通。

這時我看到令人難以置信的狀況。

沒想到我居然把答案全部往前錯填一個位置！

到底是從哪一題開始填錯的！

最後我發現是從第一題就填錯了啊——！？

（怎……怎麼辦？這樣我會考〇分……！）

心臟噗通噗通跳的速度急速上升。

我的大腦開始陷入慌亂。

因為剩下的考試時間已經只剩下三分鐘了。

（怎麼辦、怎麼辦、怎麼辦……！）

在慌張狼狽的同時，我的手掌不經意地握了一下。

這時想起橡皮擦握在手心時的感覺，於是我馬上冷靜了下來。

發現寫錯時趕快重寫，不到最後關頭別輕易放棄

（要是現在放棄的話，小計就會消失了……）

想到這件事我又開始哽咽了。

雖然現在這個狀況，在過去都會兵荒馬亂地結束。

但是這次……！

——我非常需要妳！

小計說過的話，在我腦裡產生很大的迴響。

小計說很需要我。

小詞、小歷、小理也一樣。

而且他們明明就已經有生命危險，但還是在考試前一天，也就是在星期日幫我複習功課。

他們相信我，把生命託付在我的身上。

如果在這裡放棄，就會背叛大家對我的期望……

（我絕對不要讓事情變成這樣！）

我迅速拿穩橡皮擦，開始修改填錯的答案。

而且是專心一意地修改。

先在下方答案欄填好上方的答案，然後再擦掉上方填錯的部分吧。

現在空出來的答案欄，也照著上方的答案填好就行了。

雖然不知道要改多少題才能全部改完……但是現在的我，必須盡力拚到最後。

（因為我……還想跟大家一起回家、一起吃飯……！）

我開始用橡皮擦塗改，腦海裡想著的則是這星期以來的回憶。

想起跟小詞一起在簷廊度過暖洋洋的時光。

想起跟小歷一邊笑著聊天一邊在超市購物。

想起跟小理互相餵蘋果的滋味。

想起第一次將內心話說給小計聽時，河邊的風所傳來的氣味。

還有，跟大家一起做的布丁。

熱鬧地一起回家、一起在餐桌吃飯，更是久違的幸福時光。

對我而言，大家已經不只是「課本」了。

而是我不希望失去的珍貴存在！

所以——這次我……絕對不放棄！

「——考試結束。大家把筆放在桌上。」

老師說話了。

我整個人有氣無力地把鉛筆放在桌上。

一直靜悄悄的教室，也馬上恢復成熱鬧的狀態。

（沒事的……一定沒問題的。）

我比平時寫了更多題目，絕對都是正確的。

我的手感告訴我有寫對。

填錯答案欄的失誤，也來得及修改完畢……！

把心中的不安壓制住後，我偷偷瞄了隔壁座位一眼。

小計的雙眼看不出一絲猶豫，視線直直望向前方。

回家後，我馬上開始「自我評分」。

自我評分是再看一次題目卷，重寫一次答案，可以在考試結果出來前，預測出自己的考試分數。

聽老師說，發回考卷的日子，最快也要星期五。

如果是四分以下，在等考試發回來之前，小計就會先消失了。

（拜託……就算沒有二十分，至少也要有十五分……不對，至少十分也好！）

男孩們在幫我計算考試分數時，我在旁邊兩手交握祈禱著。

噗通噗通噗通噗通……

唉，我的心情現在七上八下。

（對……對了！這時候就切下幻想開關吧——）

咚！

「好痛。」

才剛幻想出和平的森林景象，小計就用紅筆敲我的頭。

「打好分數了。」

噗通！

聽了以後，我全身僵硬。

四個男孩將考卷反蓋在桌子上。

噗通噗通噗通噗通……

「一、二、三～！」

啪。

把紙翻過來的同時，我不自覺地向前靠，想仔細看成績單上的數字。

國語……四十五分
自然……二十八分
社會……二十四分
數學……三十分

「國語四十五分!?等等。數數數學……是三十分!?」

這個結果讓我很吃驚，不由得重複看了三遍。

「真的嗎？我的數學成績居然有三十分？」

真不敢相信。

我維持發呆的狀態，手裡抓著成績單。

忽然間，我看到小計在我的面前，把手套拿下來。

噗通。

「還……還在……」

小計的手現在可以看到清楚的輪廓。

「小計！」

現在我不用再坐立不安了，所以直接撲過去抓住小計的手。

小計也被我突如其來的舉動嚇了一跳，整個人傻住。

「小計！你的手還在身上吧？有沒有消失？」

「還……還在……」

「沒有因為我的關係而不見，對吧？」

心中的不安感從我的身上脫離，一不留神就將小計的手握得更緊。

看著這樣的我，小計困擾的表情也越來越明顯。

「……我們本來就是小圓的課本。只要不被丟掉，就不會離開妳。這樣手很痛，快放開啦。」

「啊，對不起！」

我趕快放開手，突然覺得很害羞，臉都紅了起來。

小計也是，整個臉都紅通通的。

看到我們這樣，其他男孩也哈哈大笑。

「哎唷～小圓好熱情喔！」

「圓圓能不能也牽我的手？」

「看來我們全部都順利延長壽命了。太好了。」

「哈哈哈！嗯！真的太好了！」

大家開始起鬨，我也跟著笑了。

看到大家的表情，在開心的同時，我也放心不少……甚至還有點想哭。

這樣就可以跟大家一起生活了！

從今以後，也要一直像這樣在一起！

——我就像這樣，沉浸在感動的情緒中。

忽然間，小計的眉毛抽搐了一下。

「……喂，等一下。這邊我明明教過妳，但妳還是犯了同樣的錯！現在立刻去複習！」

「咦!?」

又要開始唸書了？

好不容易迎來全體慶祝的開心時刻，氣氛都被小計這句話破壞了。

至少讓我休息一天吧～！

我邊哭喪著臉邊向其他三人求助。

這個時候最可靠的人當然是……！

「救救我，小詞！」

我向小詞求救……但他卻「咦」地一聲，低頭往下看。

好像有點怪怪的。

他的臉色發青，正看著自己的手。

「小詞……？」

怎麼了？

我才打算這麼說，卻被接下來的景象嚇到。

「小詞，你的手……!?」

我不敢相信眼前的事實。

為什麼？

——為什麼小詞的身體變透明了!?

後記

大家好，我是一之瀨三葉！

這是我的全新系列作品！

繼翼文庫的『突擊！地獄頻道』、『空之色計畫』以來，這本小說是我的第三個系列。

不管是第一次接觸我的讀者，或是看過其他系列作品的讀者，希望全新的『倒數計時！學科男孩』所發展的世界能讓大家喜歡！

對了！在這裡想問問大家。

你有喜歡的科目和討厭的科目嗎？

還有，看完本集的故事後，你最喜歡的學科男孩是誰呢？

你喜歡穩重有禮貌的國語詞？

還是不擅言詞，但有溫柔一面的數學計？

或是容易溝通，言行卻有點輕浮的社會歷？

以及我行我素，但待人自然和善的自然理？

如果你喜歡某個科目時，同時也喜歡這個科目的學科男孩，那你們肯定會很速配喔！

如果你不喜歡某個科目，卻偏偏喜歡上這個科目的學科男孩，這種「充滿障礙的戀情」或許也很有趣吧？（笑）

和四個學科男孩邂逅的主角小圓，雖然曾經一度決定「從此不再唸書！」，但她現在重拾信心再度用功了。

唸書這件事很不可思議，隨著努力用功的程度，成績就會有相應的成長幅度，但要是用錯誤的方法努力，反而會更難讓自己吸收知識……（我也有相同經驗）。

而小圓這個女生可以說是用錯唸書方法的例子，所以她在獲得成果之前，反而先讓自己討厭起唸書。

考卷都是紅字的她，有機會迎來「考滿分」的日子嗎!?

敬請各位注意之後的故事發展！

還有，也希望大家在讀過本書後，能產生出「雖然我不擅長某某學科，但幸好有課本可以讓我稍微學習知識」的想法。

如此一來，無論是身為作者的我，還是學科男孩們，也一定會感到開心的（說不定你的課本也寄住著學科男孩的生命喔!?）。

最後在這裡要感謝許多幫助本書出版的夥伴，有了他們的鼎力相助，本書才得以完成。
跟我一起花許多時間思考，如何架構故事情節的責任編輯。
能畫出可愛插圖的超級繪圖高手榎能登老師。
在艱難的時期願意支持我、為我加油的家人們。
在此也對翼文庫編輯部的所有同仁、所有與本書出版相關的人們，致上最真誠的感謝！謝謝各位的幫助！
當然，我也要向一直以來願意支持我的所有讀者道謝。非常感謝大家～！
第一集的最後竟然發生讓人驚訝的結尾，後續在第二集又會如何發展呢？敬請各位期待下一集內容！
那我們在下次的故事見吧。

下回預告

小圓

什麼～！？
為什麼國語分數考最好，小詞卻快要消失！？

小詞

我也不知道為什麼……
雖然我感覺壽命本身有被延長……

小理

可能除了分數以外，還有別的原因會變成這樣。

小計

總總總之快去唸書就對了！小圓，妳從今天開始都要看國語，不管睡著還是醒著都要看國語！

小歷

可是馬上就要運動會了。
放學後不是要練習運動會的活動嗎？

小計

運動會當然不用管就可以了啊！

小優

這樣哪裡可以！？
你們到底把運動會當成什麼！？

小計

妳才是把小詞的性命當成什麼……

小歷

小理

不要再說了！
我們壽命的祕密不能洩漏啊～！

小詞的命運究竟會如何！？

還有，小優和某個男孩會產生出某種火花……！？

敬請期待《倒數計時！學科男孩》第二集！

倒數計時！學科男孩①——我的考試成績決定別人的生命!?

作　者——一之瀨三葉
繪　者——榎能登
譯　者——王榆琮
主　編——王衣卉
行銷主任——王綾翊
書籍設計——Anna D.
書籍排版——唯翔工作室
總 編 輯——梁芳春
董 事 長——趙政岷
出 版 者——時報文化出版企業股份有限公司
108019台北市和平西路三段二四〇號
發行專線——(〇二)二三〇六六八四二
讀者服務專線——〇八〇〇二三一七〇五
(〇二)二三〇四七一〇三
讀者服務傳真——(〇二)二三〇四六八五八
郵撥——一九三四四七二四時報文化出版公司
信箱——一〇八九九台北華江郵局第九九信箱
時報悅讀網——http://www.readingtimes.com.tw
電子郵件信箱——yoho@readingtimes.com.tw
法律顧問——理律法律事務所　陳長文律師、李念祖律師
印　刷——勁達印刷有限公司
初版一刷——二〇二三年三月三十一日
初版六刷——二〇二四年七月一日
定　價——新台幣二八〇元

時報文化出版公司成立於一九七五年，並於一九九九年股票上櫃公開發行，於二〇〇八年脫離中時集團非屬旺中，以「尊重智慧與創意的文化事業」為信念。

倒數計時!學科男孩. 1, 我的考試成績決定別人的生命!?/一之瀨三葉文；榎能登圖. -- 初版. -- 臺北市：時報文化出版企業股份有限公司, 2023.04

224面；14.8×21公分

譯自：時間割男子, 1

ISBN 978-626-353-663-0（平裝）

861.59　　112003820